Die Kunst ist für Rilke keine abstrakte Tätigkeit, sondern eine Praxis, die im Leben wurzelt. Aus der Betrachtung eines Kunstwerkes lernen wir, die Welt in ihrer Weite und all ihren Möglichkeiten zu sehen. Die tatsächlichen Handgriffe und Entscheidungen eines Künstlers untersucht und beschreibt Rilke als konkrete Anleitung zum Leben. Rilke zeigt in längeren Betrachtungen und mitunter knappen Aphorismen, wie das Leben jeder einzelnen Person mit Sorgfalt und Hingabe zu einem Kunstwerk gemacht werden kann. Rilke entwickelt keine Ästhetik, sondern bietet ein Kunstverständnis, das uns dem Leben näher führt. Statt die Welt abzubilden, gibt die Kunst Anstoß, uns selbst zu verändern – und dies versteht Rilke als den ersten und schwierigsten Schritt zur Veränderung der Welt.

Aus Rilkes umfangreicher Korrespondenz mit den unterschiedlichsten Briefpartnern sind hier Zitate ausgewählt, die den Leser direkt ansprechen. In diesen Passagen ist Rilke erfrischend konkret, präzise im Ausdruck und oft überraschend relevant für heutige Belange. Rilkes eigenwillige und scharfsinnige Gedanken laden ein zum Innehalten und schließlich zum Überlegen und Mitdenken. Letztlich geben sie den Anstoß, ein ganz persönliches Kunstverständnis und eine tägliche Lebenspraxis in Anlehnung an das Kunstschaffen zu entwickeln.

insel taschenbuch 3220

Rainer Maria Rilke

Die Verwandlung der Welt ins Herrliche

Rainer Maria Rilke
Die Verwandlung der Welt ins Herrliche

Über Kunst und Glück

Ausgewählt und mit einem Nachwort von Ulrich Baer

Insel Verlag

Umschlagabbildung: August Macke
Landschaft bei Hammamet, 1914

insel taschenbuch 3220
Originalausgabe
Erste Auflage 2006

Umschlag: Michael Hagemann
Vertrieb durch den Suhrkamp Taschenbuch Verlag
Satz: Hümmer GmbH, Waldbüttelbrunn
Druck: Ebner & Spiegel, Ulm
Printed in Germany
ISBN 978-3-458-34920-4
ISBN 3-458-34920-0

1 2 3 4 5 6 – 11 10 09 08 07 06

Die Verwandlung der Welt ins Herrliche

Der Zusammenhang des Ganzen

Das Große einsehen und gelten lassen, ist nur eine Einsicht; es feiern, eine Überschwänglichkeit: denn es steht in Verklärung da und läßt sich nicht übertreffen. Es anwenden im Menschlichen ist eine Weisheit und ein äußerster Erfolg; aber aller Aufgaben Aufgabe ist: Geringes in Großes umzuwandeln, Unscheinbares in Scheinendes; ein Stäubchen so zu zeigen, daß man es im Ganzen gehalten sieht; daß man es nicht sehen kann, ohne zugleich alle Sterne zu sehen und der Himmel tiefen Zusammenhang, in den es innig mit hineingehört.

Ist es nicht sonderbar, daß fast alle großen Philosophen und Psychologen immer der Erde und nur der Erde Aufmerksamkeit zuwandten? Wäre es nicht erhabener, von dem Klümpchen abzusehen und nicht ein Stäubchen im Weltall, sondern das All selbst zu betrachten? – Denken Sie, werter Herr, wie müßten die irdischen Mühesale klein und unbedeutend erscheinen mit dem Augenblick, wo unsere Erde zusammenschrumpfen müßte zum kleinsten, hinwirbelnden, willenlosen Teilchen einer unendlichen Welt! Und wie müßte der Mensch wachsen auf seiner »kleinen Erde«!

Die Kunst ist immer die Versprecherin der fernsten, mindestens übernächsten Zukunft, und darum wird eine Menge, die leidenschaftlich nach der nächsten greift, immer bilderstürmerisch gesinnt sein. Die Macht des ganz Künftigen sieht, für den ungeübten und erhitzten Blick, der Autorität der Vergangenheit zum Verwechseln ähnlich!

Die Kunst nicht für eine Auswahl aus der Welt zu halten, sondern für deren restlose Verwandlung ins Herrliche hinein. Die Bewunderung, mit der sie sich auf die Dinge (alle, ohne Ausnahme) stürzt, muß so ungestüm, so stark, so strahlend sein, daß dem Gegenstand die Zeit fehlt, sich auf seine Häßlichkeit oder Verworfenheit zu besinnen. Es kann im Schrecklichen nichts so Absagendes und Verneinendes geben, daß nicht die multiple Aktion künstlerischer Bewältigung es mit einem großen, positiven Überschuß zurückließe, als ein Dasein-Aussagendes, Sein-Wollendes: als einen Engel.

Ich glaube auch, daß man nie gerechter ist, als wenn man mit aller Hingabe bewundert; und so, von Bewundernden, müssen einer im Kritischsein allzu geübten Zeit die paar großen Gestalten gezeigt werden, die sie nicht zu verhalten vermochte –.

Aber es ist ja nie bei einem Menschen gesagt, daß er nicht plötzlich, ja malgré lui, den Punkt entdeckt, von dem aus er sich wieder zu einer neu geordneten Einheit zusammenfaßt, die ›Aufgabe‹ ist eigentlich immer da, nur, daß wir, durch Namen verdorben, sie über ihrer Namenlosigkeit manchmal nicht erkennen.

Dieses Spiel von Zusage und Weigerung, bei dem viel zu verlieren ist und viel zu gewinnen, macht für die Meisten den »Zeitvertreib« des Lebens aus und erhält ihre Antriebe.

Der Künstler gehört zu denen, die mit einer einzigen, unzurücknehmlichen Zustimmung auf Gewinn und Verlust verzichtet haben: denn beide giebt es nicht mehr im Gesetz, im Gebiete des reinen Gehorsams.

Dieses endgültige freie Jasagen zur Welt rückt das Herz auf eine andere Ebene des Erlebens. Seine Wahlkugeln heißen nicht mehr Glück und Unglück, seine Pole sind nicht bezeichnet mit Leben und Tod. Sein Maaß ist nicht die Spanne zwischen den Gegensätzen.

Wer denkt noch, daß die Kunst das Schöne darstelle, das ein Gegentheil habe; (dieses kleine »schön« stammt aus dem Begriffe des Geschmacks.) Sie ist die Leidenschaft zum Ganzen. Ihr Ergebnis: Gleichmuth und Gleichgewicht des Vollzähligen.

Denn das Äußerste und Tiefste, aus dem die großen Dinge der Kunst gemacht sind, ist in jeder Natur, es wächst mit allen Feldern, alle Lerchen wissen davon, und nichts anderes als *das* bringt die Bäume zum Blühen. Aber es ist verborgen (während es in den Kunst-Dingen hochgehalten wird in athemlose Stille – wie eine Monstranz –) es ist zerstreut und fast verloren (während die Kunst-Dinge es enthalten: aufgesammelt, wiedergefunden, für immer bewahrt), und es ist der schwere, der mühsame, der durch hundert Umstände verstellte Weg unserer Entwicklung, das Große, das seelisch Nothwendige, das Unendliche schließlich auch dort zu erkennen, wo es nicht mit einem Blicke zu erfassen, wo es überhaupt kaum zu nehmen ist, außer in Aschenbrödelarbeit; das Leben ist streng und stiefmütterlich wie die böse Königin des Märchens; aber es fehlen ihm zugleich die lieben fleißigen Kräfte nicht, die dem, der geduldig und gut ist, schließlich die Arbeit thun, die für ihn zu schwer wäre.

Sicherheit außer der im Gedicht, im Bild, in der Gleichung, im Gebäude und in der Musik, ist vielleicht nur um den Preis der bestimmtesten Einschränkung überhaupt zu erreichen, indem man in einer überlegten oder erfahrenen Weltauswahl sich einfriedigt und vergnügt, in einer Umgebung von Bekanntheit und Bedeutung, in der dann eine unmittelbare Selbstanwendung nützlich und möglich wird. Aber wie könnten wir das wollen? Unsere Sicherheit muß irgendwie ein Verhältnis zum Ganzen werden, zu einer Vollzähligkeit; Sichersein heißt für uns die Unschuld des Unrechts gewahren und die Gestalthaftigkeit des Leidens zugeben; heißt Namen ablehnen, um dahinter die einzigen Bildungen und Verbindungen des Schicksals, wie Gäste, zu ehrwürdigen; heißt zu Nahrung, und Entbehrung, bis weit ins Geistige hinein, unbeirrt bleiben, wie zu Brot und Stein –, heißt nichts verdächtigen, hinausdrängen, nichts für das Andere halten, heißt über allen Begriff des Eigentums hinaus in Aneignungen leben, nicht in besitzenden, aber in gleichnishaften –, und schließlich, ob es gleich bürgerlich nicht zutrifft, sich über diese gewagte Sicherheit zu verständigen: sie ist ja doch die letzte grundgiebige Gemeinsamkeit unserer Aufstiege und Untergänge. Die Unsicherheit ganz groß nehmen –: in einer unendlichen wird auch die Sicherheit unendlich ...

Immer noch zögernd, unter geliebten Erfahrungen überwiegende und geringere zu unterscheiden, bin ich auf ganz vorläufige Mittel beschränkt, wenn ich das Wesen eines Dichters zu beschreiben versuche: dieses ungeheuere und kindliche Wesen, welches, (man faßt es nicht: wie) nicht allein in endgültigen großen Gestalten früher aufkam, nein, sich hier, neben uns, in dem Knaben vielleicht, der den großen Blick hebt und uns nicht sieht, gerade zusammenzieht, dieses Wesen, das junge Herzen, in einer Zeit, da sie des geringfügigsten Lebens noch unmächtig sind, überfällt, um sie mit Fähigkeiten und Beziehungen zu erfüllen, die sofort über alles Erwerbbare eines ganzen Daseins hinausgehn; ja, wer wäre imstand von diesem Wesen ruhig zu reden? Wäre es noch an dem, daß es nicht mehr vorkäme, daß wir es absehen dürften an den Gedichten Homers, hinausgerückt, in seiner unwahrscheinlichen Erscheinung: wir würden es allmählig in eine Fassung bringen, wir würden ihm Namen geben und Verlauf, wie den anderen Dingen der Vorzeit; denn was anderes als Vorzeit bricht aus in den mit solchen Gewalten bestürzten Herzen. Hier unter uns, in dieser vielfältig heutigen Stadt, in jenem redlich beschäftigten Haus, unter dem Lärm der Fahrzeuge und Fabriken und während die Zeitungen ausgerufen werden, geräumige Blätter bis an den Rand voll Ereignis, ist plötzlich, wer weiß, alle Anstrengung, aller Eifer, alle Kraft überwogen durch den Auftritt der Titanen in einem unmündigen Innern. Nichts spricht dafür als die Kälte einer Knabenhand; nichts als ein erschrocken zurückgenommener Aufblick; nichts als die Teilnahmslosigkeit dieses jungen Menschen, der mit seinen Brüdern nicht spricht und, so bald es geht, von den Mahlzeiten aufsteht, die ihn viel zu lang dem Urteil seiner Familie ausstellen. Kaum daß er weiß, ob er noch zur Mutter gehört: so weit sind alle Maaße seines Fühlens verschoben, seit dem Einbruch der Elemente in sein unendliches Herz.

O ihr Mütter der Dichter. Ihr Lieblingsplätze der Götter, in deren Schooß schon muß das Unerhörte verabredet worden sein. Hörtet ihr Stimmen in der Tiefe eurer Empfängnis, oder haben die Göttlichen sich nur mit Zeichen verständigt?

Ich weiß nicht, wie man das völlig Wunderbare einer Welt leugnen kann, in der die Zunahme des Berechneten die Vorräte dessen, was über jedes Absehn hinausgeht, noch gar nicht einmal angegriffen hat. Es ist wahr, die Götter haben keine Gelegenheit verschmäht, uns bloßzustellen: sie ließen uns die großen Könige Ägyptens aufdecken in ihren Grabkammern, und wir konnten sie sehen in ihren natürlichen Verwesungen, wie ihnen nichts erspart geblieben war. Alle die äußersten Leistungen jener Bauwerke und Malereien haben zu nichts geführt; hinter dem Qualm der Balsamküchen ward kein Himmel erheitert, und der tönernen Brote und Beischläferinnen hat sich kein unterweltlicher Schwarm scheinbar bedient. Wer bedenkt, welche Fülle reinster und gewaltigster Vorstellungen hier (und immer wieder) von den unbegreiflichen Wesen, an die sie angewandt waren, abgelehnt und verleugnet worden ist, wie möchte der nicht zittern für unsere größere Zukunft. Aber bedenke er auch, was das menschliche Herz wäre, wenn außerhalb seiner, draußen, an irgend einem Platze der Welt Gewißheit entstünde; letzte Gewißheit. Wie es mit einem Schlage seine ganze in Jahrtausenden angewachsene Spannung verlöre, eine zwar immer noch rühmliche

Stelle bliebe, aber eine, von der man heimlich erzählte, was sie vor Zeiten gewesen sei. Denn wahrlich, auch die Größe der Götter hängt an ihrer Not: daran, daß sie, was man ihnen auch für Gehäuse behüte, nirgends in Sicherheit sind, als in unserem Herzen. Dorthin stürzen sie oft aus dem Schlaf mit noch ungesonderten Plänen; dort kommen sie ernst und beratend zusammen; dort wird ihr Beschluß unaufhaltsam.

Was wollen alle Enttäuschungen besagen, alle unbefriedigten Grabstätten, alle entkernten Tempel, wenn hier, neben mir, in einem auf einmal verfinsterten Jüngling Gott zur Besinnung kommt. Seine Eltern sehen noch keine Zukunft für ihn, seine Lehrer glauben seiner Unlust auf der Spur zu sein, sein eigener Geist macht ihm die Welt ungenau, und sein Tod versucht schon immer an ihm, wo er am besten zu brechen sei: aber so groß ist die Unüberlegtheit des Himmlischen, daß es in dieses unverläßliche Gefäß seine Ströme ergießt. Vor einer Stunde noch vermochte der flüchtigste Aufblick der Mutter dieses Wesen zu umfassen; nun ermäße sie's nicht: und wenn sie Auferstehung und Engelssturz zusammennimmt.

Wie aber kann ein neues Geschöpf, das noch kaum seine eigenen Hände kennt, unerfahren in seiner Natur, Neuling in den gewöhnlichsten Wendungen seines Geistes, sich bei so unerhörter Anwesenheit einrichten? Wie soll es, das doch offenbar bestimmt ist, später von der präzisesten Beschaffenheit zu sein, seine Ausbildung leisten, zwischen Drohungen und Verwöhnungen, die beide seine unvorbereiteten Kräfte, bis zum letzten Aufgebot, übersteigen? Und nicht nur daß der Ausbruch der Größe in seinem Innern ihm die heroische Landschaft seines Gefühls fast ungangbar macht: in demselben Maße, als dort seine Natur überhand nimmt, gewahrt er, aufblickend, mißtrauische Fragen, bittre Forderungen und Neugier in den bisher in Sicherheit geliebten Gesichtern. Dürfte doch ein Knabe in solcher Lage immer noch fortgehn, hinaus, und ein Hirte sein. Dürfte er seine verwirrten inneren Gegenstände in langen sprachlosen Tagen und Nächten bereichern um den staunend erfahrenen Raum; dürfte er die gedrängten Bilder in seiner Seele gleichsetzen dem verbreiteten Gestirn. Ach, daß doch niemand ihm zuredete und niemand ihm widerspräche. Wollt ihr wirklich *Diesen* beschäftigen, diesen maaßlos in Anspruch Genommenen, dem, vor der Zeit, ein unerschöpfliches Wesen zu tun giebt?

Kann man sich erklären, wie er besteht? Die ihn plötzlich bewohnende Macht findet Verkehr und Verwandtschaft bei seiner, noch in allen Winkeln des Herzens zögernden Kindheit; da zeigt es sich erst, nach was für ungeheueren Verhältnissen hin, dieser äußerlich so unzulängliche Zustand innen offensteht. Der unverhältnismäßige Geist, der im Bewußtsein des Jünglings nicht Platz hat, schwebt da über einer entwickelten Unterwelt voller Freuden und Furchtbarkeiten. Aus ihr allein, absehend von der ganzen jenseitig-äußeren Kreatur, vermöchte er seine gewaltigen Absichten zu bestreiten. Aber da lockt es ihn auch schon, durch die rein leitenden Sinne des Ergriffenen mit der vorhandenen Welt zu verhandeln. Und wie er innen an das verborgen Mächtigste seinen Anschluß hat, so wird er im Sichtbaren schnell und genau von kleinen winkenden Anlässen bedient: widerspräche es doch der verschwiegenen Natur, in dem Verständigten das Bedeutende anders als unscheinbar aufzuregen.

Wer die frühen Kleistischen Briefe liest, dem wird, in demselben Grade, als er diese in Gewittern sich aufklärende Erscheinung begreift, die Stelle nicht unwichtig sein, die von dem Gewölb eines gewissen Tores in Würzburg handelt, einem der zeitigsten Eindrücke, an dem, leise berührt, die schon gespannt Genialität sich nach außen schlägt. Irgend ein nachdenklicher Leser Stifters (um noch ein Beispiel vorzustellen) könnte es bei sich zur Vermutung bringen, daß diesem dichterischen Erzähler sein innerer Beruf in dem Augenblick unvermeidlich geworden sei, da er, eines unvergeßlichen Tages, zuerst durch ein Fernrohr einen äußerst entlegenen Punkt der Landschaft herbeizuziehen suchte und nun, in völlig bestürzter Vision, ein Flüchten von Räumen, von Wolken, von Gegenständen erfuhr, einen Schrecken von solchem Reichtum, daß in diesen Sekunden sein offen überraschtes Gemüt Welt empfing, wie die Danäe den ergossenen Zeus.

Es möchte am Ende jede dichterische Entschlossenheit an so nebensächlichen Anlässen unerwartet zu sich gekommen sein, nicht allein, da sie zum ersten Mal sich eines Temperamentes bemächtigte, sondern immer wieder, an jeder Wendung einer künstlerisch sich vollziehenden Natur.

Wer nennt euch alle, ihr Mitschuldigen der Begeisterung, die ihr nichts als Geräusche seid, oder Glocken, die aufhören, oder wunderlich neue Vogelstimmen im vernachlässigten Gehölz. Oder Glanz, den ein aufgehendes Fenster hinauswirft in den schwebenden Morgen; oder abstürzendes Wasser; oder Luft; oder Blicke. Zufällige Blicke Vorübergehender, Aufblicke von Frauen, die am Fenster nähen, bis herunter zum unsäglich besorgten Umschaun hockender bemühter Hunde, so nahe am Ausdruck der Schulkinder. Welche Verabredung, Größe hervorzurufen, geht durch den kleinlichsten Alltag. Vorgänge, so gleichgültig, daß sie nicht imstande wären, das nachgiebigste Schicksal um ein Zehntausendstel zu verschieben –, siehe: hier winken sie, und die göttliche Zeile tritt über sie fort ins Ewige.

Gewiß wird der Dichter bei zunehmender Einsicht in seine grenzenlosen Aufgaben sich an das Größte anschließen; es wird ihn, wo er es findet, entzücken oder demütigen, nach seiner Willkür. Aber das Zeichen zum Aufstand in seinem Herzen wird willig von einem Boten gegeben sein, der nicht weiß, was er tut. Undenkbar ist es für ihn, sich von vornherein nach dem Großen auszurichten, da er ja gerade bestimmt ist, an ihm, seinem allgegenwärtigen Ziele, auf noch unbeschreiblich eigenen Wegen herauszutreten. Und wie, eigentlich, sollte es ihm zuerst kenntlich geworden sein, da es in seiner ursprünglichen Umwelt vielleicht nur vermummt, sich verstellend oder verachtet vorkam, gleich jenem Heiligen, im Zwischenraum unter der Treppe wohnend? Läge es aber einmal vor ihm, offenkundig, in seiner sichern, auf uns nicht Rücksicht nehmenden Herrlichkeit, – müßte er dann nicht wie Petrarca vor den zahllosen Aussichten des erstiegenen Berges zurück in die Schluchten seiner Seele flüchten, die, ob er sie gleich nie erforschen wird, ihm doch unaussprechlich näher gehn als jene zur Not erfahrbare Fremde.

Erschreckt im Innern durch das ferne Donnern des Gottes, von außen bestürzt durch ein unaufhaltsames Übermaß von Erscheinung, hat der gewaltig Behandelte eben nur Raum, auf dem Streifen zwischen beiden Welten dazustehen, bis ihm, aufeinmal, ein unbeteiligtes kleines Geschehn seinen ungeheueren Zustand mit Unschuld überflutet. Dieses ist der Augenblick, der in die Waage, auf deren einer Schale sein von unendlichen Verantwortungen überladenes Herz ruht, zu erhaben beruhigter Gleiche, das große Gedicht legt.

Das große Gedicht. Wie ich es sage, wird mir klar, daß ich es, bis vor Kurzem, als ein durchaus Seiendes hingenommen habe, es jedem Verdacht der Entstehung hochhin entziehend. Wäre mir selbst der Urheber dahinter hervorgetreten, ich wüßte mir doch die Kraft nicht vorzustellen, die soviel Schweigen auf *ein* Mal gebrochen hat. Wie die Erbauer der Kathedralen, Samenkörnern vergleichbar, sofort aufgegangen waren, ohne Rest, in Wachsum und Blüte, in dem schon wie von jeher gewesenen Dastehn ihrer, aus ihnen nicht mehr erklärlichen Werke: so sind mir die großen vergangenen und die gegenwärtigen Dichter rein unfaßlich geblieben, jeder einzelne ersetzt durch den Turm und die Glocke seines Herzes. Erst seit eine nächste, herauf und gleich ins Künftige drängende Jugend, ihr eigenes Werden im Werden ihrer Gedichte nicht unbedeutend zur Geltung bringt, versucht mein Blick, neben der Leistung, die Verhältnisse des hervorbringenden Gemüts zu erkennen. Aber auch jetzt noch, da ich zugeben muß, daß Gedichte sich bilden, bin ich weit entfernt, sie für erfunden zu halten; vielmehr erscheint es mir, als ob in der Seele des dichterisch Ergriffenen eine geistige Prädisposition heraus träte, die schon zwischen uns (wie ein unentdecktes Sternbild) gespannt war.

Betrachtet man, was an schöner Verwirklichung schon jetzt für einige von denjenigen einsteht, die ihr drittes Jahrzehnt kürzlich angetreten haben, so könnte man fast hoffen, sie würden in kurzem, alles, woran in den letzten dreißig Jahren unsere Bewunderung groß geworden ist, durch das Vollzieherische ihrer Arbeit zur Vorarbeit machen. Es müssen, das ist klar, die verschiedensten Umstände sich günstig verabreden, damit ein solches entschlossenes Gelingen möglich sei. Prüft man diese Umstände, so sind der äußeren so viele, daß man es am Ende aufgiebt, bis zu den innerlichen vorzudringen. Die gereizte Neugier und unaufhörliche Findigkeit einer, um hundert Hemmungen freieren Zeit dringt in alle Verstecke des Geistes und hebt leicht auf ihren Fluten Gebilde hervor, die der Einzelne, in dem sie hafteten, früher langsam und schwer zu Tage grub. Zu geübt im Einsehen um sich aufzuhalten, findet sich diese Zeit plötzlich an Binnenstellen, wo vielleicht noch keine ohne göttlichen Vorwand, in voller Öffentlichkeit, gewesen war; überall eintretend, macht sie die Werkstätten zu Schauplätzen und hat nichts dagegen, in den Vorratskammern ihre Mahlzeiten zu halten. Sie mag im Recht sein, denn sie kommt aus der Zukunft. Sie beschäftigt uns in einer Weise, wie seit lange keine Zeit ihre Ansiedler beschäftigt hat; sie rückt und verschiebt und räumt auf, jeder von uns hat ihr viel zu verdanken. Und doch, wer hat ihr noch nicht, wenigstens einen Augenblick, mit Mißtrauen zugesehen; sich gefragt, ob es ihr wirklich um Fruchtbarkeit zu tun sei, oder nur um eine mechanisch bessere und erschöpfendere Ausbeutung der Seele? Sie verwirrt uns mit immer neuen Sichtbarkeiten; aber wie vieles hat sie uns schon hingestellt, wofür in unserem Innern kein Fortschritt entsprechend war? Nun will ich zwar annehmen, sie böte zugleich der entschlossenen Jugend die unerwartetesten Mittel, ihre reinsten inneren Wirklichkeiten nach und nach, sichtbar, in genauen Gegenwerten auszuformen; ja, ich will glauben, sie besäße diese Mittel im höchsten Grade. Aber wie ich mich nun bereit halte, ihr, der Zeit, manchen neuen künstlerischen Gewinn zuzuschreiben, schlägt mir die Bewunderung über sie hinüber, den immer, den auch hier wieder unbegreiflichen Gedichten entgegen.

Wäre auch nicht Einer unter den jungen Dichtern, der sich nicht freute, das Gewagte und Gesteigerte dieser Tage für seine Anschauung auszunutzen, ich würde doch nicht fürchten, daß ich das dichterische Wesen und seine Einrichtung in der inneren Natur zu schwer genommen habe. Alle Erleichterungen, wie eindringlich sie sein mögen, wirken nicht bis dorthin, wo das Schwere sich freut, schwer zu sein. Was kann schließlich die Lage desjenigen verändern, der von früh auf bestimmt ist, in seinem Herzen das Äußerste aufzuregen, das die anderen in den ihren hinhalten und beschwichtigen? Und welcher Friede wäre wohl für ihn zu schließen, wenn er, innen, unter dem Angriff seines Gottes steht.

Das Kunstwerk ist Ausgleich, Gleichgewicht, Beruhigung. Es kann weder schwarzseherisch noch voll rosiger Hoffnungen sein, denn sein Wesen besteht aus Gerechtigkeit.

Askese freilich ist kein Ausweg; sie ist Sinnlichkeit mit negativem Vorzeichen. Dem Heiligen mag sie, wie eine Hülfskonstruktion, zustatten kommen; in dem Durchschnittspunkt seiner Entsagungen gewahrt er jenen Gott des Gegensatzes, den Gott des Unsichtbaren, der noch nicht geschaffen hat.

Wer aber in die Sinne verpflichtet ist, Erscheinung für rein und Gestalt für wahr zu halten hat auf Erden, wie dürfte der mit der Absage beginnen! Und selbst wenn sie sich ihm erst hülfreich und nützlich erwiese, bei ihm bliebe sie Betrug, List, Erschleichung –, und zum Schlusse rächte sie sich irgendwo im Kontur seines Werks, als Härte, als Dürre, als Unzugiebigkeit, als Feigheit der Frucht.

Die Kunst des Sich-Verstehens

Kein Buch, sowenig wie ein Zuspruch, vermag etwas Entscheidendes, wenn der, den es trifft, nicht durch ganz Unabsehliches vorbereitet ist für eine tiefere Aufnahme und Empfängnis: wenn nicht seine Stunde der Einkehr ohnehin gekommen ist. Die in die Mitte des Bewußtseins zu rücken, genügt dann das oder dies: manchmal ein Buch oder Kunstding, manchmal der Aufblick eines Kindes, die Stimme eines Menschen oder eines Vogels, ja, unter Umständen ein Geräusch des Windes, ein Krachen im Fußboden, – oder, da man noch am Kaminfeuer saß (was ich ab und zu tat im Leben), ein Hineinschauen in die Verwandlungen der Flamme. Alles dies und noch viel Geringeres, scheinbar Zufälliges, kann ein Sich-finden oder Sich-wieder-finden (wie Sie es nun feiern!) veranlassen und bestärken –, die Dichter, ja, ab und zu mögen eben auch sie unter diesen guten Anlässen sein.

Unser Gefühl kann gar nicht anders, als am Nach-fühlen wachsen, von da zum Nach-ahmen ist es wieder ein anderer, gewissermaßen, ein Rück-Weg; denn Nachfühlen geht nach innen, Nachahmung aber tritt wieder ins Sichtbare aus und ist somit eigentlich der unmittelbare Verlust des im Nachgefühl Erworbenen. In der

Richtung nach innen aber, der der Einfühlung, kann man, dessen bin ich gewiß, gar nicht zu weit gehen; je weiter man da vordringt, desto sicherer stößt man auf eine noch unentdeckte Ader eigenen Gefühls, so daß ich die Nachahmer meistens für solche halten möchte, die nicht weit genug nachgefühlt haben, die halbwegs umgekehrt und in ihren Fußstapfen wieder zurück nach außen gegangen sind. Wäre doch der Umgang mit einem Kunst-Ding überhaupt aussichtslos ohne ein Mit- und Nachfühlen bis fast zur eigenen Vernichtung, um sich dann zuletzt reicher, fassender, fühlender zurückzubekommen. Nachfühlen ist Demuth, Nachahmen Eitelkeit – und so müßte es bald möglich sein zu merken, ob man das Eine meint oder das Andere.

[A]uch ich will ja Kunst und Leben nicht voneinanderreißen; ich weiß, daß sie irgendwann und irgendwo eines Sinnes sind. Aber ich bin ein Ungeschickter des Lebens und darum ist es, wie es sich um mich zusammenzieht, sooft ein Aufenthalt für mich, eine Verzögerung, die mich viel verlieren läßt; etwa wie man manchmal im Traum mit dem Anziehen nicht fertig werden kann und über zwei eigensinnigen Schuhknöpfen wichtiges versäumt, das nie wiederkommt. Und das ist ja auch wahr, daß das Leben geht und eigentlich nicht Zeit läßt zu Versäumnissen und zu vielen Verlusten; dem besonders ⟨,⟩ der eine Kunst haben will. Denn die Kunst ist ein Ding viel zu groß und zu schwer und zu lang für ein Leben und die, welche ein großes Alter haben, sind erst Anfänger in ihr. »*C'est à l'âge de soixante-treize ans que j'ai compris à peu près la forme et la nature vraie des oiseaux, des poissons et des plantes*« [*Im Alter von dreiundsiebzig Jahren begriff ich ein wenig besser die wahre Gestalt und Natur der Vögel, Fische und Pflanzen*] – schrieb Hokusaï, und Rodin fühlt ebenso und auch an Lionardo kann man denken, der sehr alt geworden ist. Und sie haben immer in ihrer Kunst gelebt und haben, versammelt um das Eine, alles andere zuwachsen lassen. Wie aber soll da einer nicht bange werden, der nur selten in sein Heiligthum kommt, weil er sich draußen in dem aufgelehnten Leben in allen Fallen fängt und sich stumpf stößt an allen Widerständen. Darum will ich so sehnsüchtig und so ungeduldig die Arbeit finden, den Werktag, weil das Leben, wenn es nur erst Arbeit wird, Kunst werden kann. Ich weiß, daß ich mein Leben nicht herausschneiden kann aus den Schicksalen, mit denen es verwachsen ist; aber ich muß die Kraft finden, es ganz, wie es ist, mit Allem, in eine Ruhe hineinzu heben, in eine Einsamkeit, in die Stille tiefer Arbeitstage.

Auch das Hervorbringen, selbst das produktivste, dient ja nur der Schaffung einer gewissen inneren Konstanten, und Kunst ist vielleicht nur deshalb so viel, weil einzelne ihrer reinsten Bildungen eine Gewähr geben für die Erreichung einer zuverlässigeren inneren Einstellung – (et encore!). Gerade in unserer Zeit, da die meisten aus Ambition zur künstlerischen (oder scheinkünstlerischen) Leistung angetrieben werden, kann man gar nicht genug auf diesem letzten, ja einzigen Grunde der Kunstwertung bestehen, der so tief und heimlich ist, daß der unscheinbarste Dienst an ihm erst recht diesem scheinbarsten und berühmten (: der wirklichen Produktion) gleichzusetzen ist.

Es kommt mir so vor, als könnte das alles besser werden, wenn man sich in jene Verfassung stellt, von der ich neulich schrieb, und mir fällt dazu noch ein, daß man sie muß erreichen und hervorrufen können, weil sie vielleicht nichts ist als Aufmerksamkeit. Ich prüfte das neulich im Louvre nach. Ein paarmal war ich dort gewesen, und es war wie vor lauter Handlung: so geschah und geschah es vor mir. Und dann, kürzlich waren es nur Bilder und viel zu viele Bilder, und überall stand jemand, und alles störte. Und da fragte ich mich: weshalb es heute anders sei. War ich müde? Ja. Aber worin bestand diese Müdigkeit? Darin, daß ich es zuließ, daß mir alles mögliche einfiel; darin, daß alles mögliche durch mich durchging wie Wasser durch ein Spiegelbild, meine Umrisse in Fließendes auflösend. Und ich sagte mir: ich will nicht mehr das Spiegelbild sein, sondern das, was oben ist. Und ich drehte mich um, so daß ich nicht mehr auf dem Kopf stand, und machte einen kleinen Augenblick die Augen zu und zog mich um mich zusammen und spannte meine Konturen, wie man Violinsaiten spannt, bis man sie fest und klingend fühlt, und auf einmal wußte ich mich ganz im Umriß wie eine Dürersche Zeichnung, und so trat ich vor die Madonna Lisa: und sie war ohnegleichen. – Siehst Du ... das ist es also, was man einmal wird können müssen. Nicht warten, daß (was bis jetzt geschah) die starken Dinge und die guten Tage so etwas aus einem machen; ihnen zuvorkommen, es selber schon sein: das ist es, was man einmal wird können müssen. Und wird dann nicht alles Arbeit sein? Denn was ist in diesem Zustand unfruchtbar? Es ist köstliche schwarze Erde in uns, und unser Blut muß nur so gehen wie der Pflug und Furchen machen. Dann geht, während wir am Ernten sind, an einer anderen Stelle schon wieder die Aussaat los.

Es ist die eine, immer wieder bestätigte Erfahrung, zu der ich langsam vorgeschritten bin nach einer bangen vielverzagenden Kindheit, daß die wirklichen Fortschritte meines Lebens gewaltsam nicht heraufbewegt werden können, daß sie lautlos eintreten und daß ich an ihnen beschäftigt bin, wenn ich still und inständig an den Dingen arbeite, die ich im tiefsten Sinne als meine Aufgaben erkannt habe.

Es ist gleichgültig, was man als sehr junger Mensch schreibt, ebenso wie es fast gleichgültig ist, was man sonst unternimmt. Die scheinbar nutzlosesten Zerstreuungen können ein Vorwand innerer Sammlung sein; ja, sie können sogar von der Natur instinktiv ergriffen werden, um die kontrollierende Beobachtung und Aufmerksamkeit eines neugierigen Intellektes von seelischen Vorgängen wegzulenken, denen daran liegt, unerkannt zu bleiben. Man darf *alles* tun, dies allein entspricht der ganzen Breite, die das Leben hat. Aber man muß sicher sein, es nicht aus Opposition auf sich zu nehmen, aus Trotz gegen hindernde Umstände oder, im Gedanken an andere, aus irgendwelchem Ehrgeiz. Man muß sicher sein, aus Lust, aus Kraft, Mut oder Übermut zu handeln: so handeln zu *müssen*.

Dies ist in den unbegrenzten Himmeln der Arbeit die erste Seligkeit: daß einem ein viel früheres Ding wiedergegeben wird, damit man es mit der inzwischen gerechter gewordenen Liebe erfasse und zu sich stelle. Da beginnt die Korrektur der Einteilungen, wo Vergangenes wiederkommt, wie aus der Zukunft; einst Vollbrachtes als zu Vollendetes. Und dies ist die erste Erfahrung, die einen, aus der Reihenfolge heraus, auf die Stelle des eigenen Herzens stellt, die im Raum ist und immer gleich fern von allem und Aufgang und Untergang hat durch die unendliche Bewegung um sie …

[M]an darf die Klagesaiten nur dann so ausführlich gebrauchen, wenn man entschlossen ist, auf ihnen, mit ihren Mitteln, später auch den ganzen Jubel zu spielen, der hinter jedem Schweren, Schmerzhaften und Ertragenen anwächst und ohne den die Stimmen nicht vollzählig sind –.

Denn der Erfahrung des Vereitelten steht doch wohl die des unerwartet Erfüllten gegenüber.

Man kann gar nicht oft genug im Leben das Gefühl des Anfangs in sich aufwecken, es ist so wenig äußere Veränderung dafür nöthig, denn wir verändern ja die Welt von unserem Herzen aus, will dieses nur neu und unermeßlich sein, so ist sie sofort wie am Tage ihrer Schöpfung und unendlich.

Das Leben wird nicht in der »Bildung« in Besitz genommen, sondern unmittelbar an jeder Stelle, wo Hingabe ist, wo Ehrfurcht ist, ein freudiger Entschluß und ein großmüthiges Herz. Das ist die Frage: steht Ihr Herz nach *einer* Sache? Und ist diese Sache das Theater in seiner größten und nobelsten Bedeutung? Und gehören Sie diesem, zu *einer* Sache aufgestandenen Herzen auf Leben und Tod? Oder gehören Sie auch noch anderen Dingen und Wünschen und Absichten? Hier, nun prüfen Sie sich.

Einer sein, als Künstler, heißt: sich sagen können. Das wäre nicht so schwer, wenn die Sprache von dem Einzelnen ausginge, in ihm entstünde und sich, von da aus, allmählich Ohr und Verständnis der anderen erzwänge. Das ist aber nicht der Fall, im Gegenteil, sie ist das Gemeinsame, das keiner gemacht hat, weil alle es fortwährend machen, die große, summende und schwingende Konvention, in die jeder hineinspricht, was er auf dem Herzen hat. Und da kommt es vor, daß Einer, der innerlich anders ist als seine Nachbarn, sich verliert, indem er sich ausspricht, wie der Regen im Meer verlorengeht. Alles Eigene erfordert also, wenn es nicht schweigen will, eine eigene Sprache ... Gleiches mit Gleichem zu sagen, ist kein Fortschritt.

Es ist wider die Natur, sich von Büchern, mit denen man sich versteht, zu trennen, gerade so wie es wichtig ist, Menschen im gleichen Falle nicht zu lange zu behalten.

[E]s geht eben nicht an, es geht nicht an, ›hülfreiche‹ Bücher zu machen, die Hülfe darf nicht *im* Buch sein, höchstens über dem Verhältnis des Lesers zum Buche, darf, im Raume, der zwischen dem Lesenden und dem Buche bleibt (diesem merkwürdigen Raum, der ein Gegenstück hat im imaginären Bildraum und in der, von einer Skulptur beherrschten, sie umgebenden Räumlichkeit), das Mißverständnis eines Beistands zum durchsichtigen Ereignis werden.

Aber es wird mir, um es offen zu sagen, je weiter das Leben fortschreitet, immer schwerer, auf Worte, wie die Ihren, eine unmittelbare, gültige Erwiderung zu finden. Und nicht nur, daß es mir schwerer wird, ich mache es mir auch schwerer, mich fragend, wo am Ende meine Bestätigung läge, solche Antwort überhaupt zu versuchen. Das was in meinem Gedicht oder sonst einem Kunstwerk an Gelingen und Einsicht glücklich zusammenkommt, ist ja nicht zugleich Bewältigung und Können des täglichen Lebens –, und wenn es sich darum handelte, zu entscheiden, wer von uns Beiden wertloser ist, es würde vielleicht das Übergewicht herüber auf meine Seite fallen. Freilich hat, bei aller Noth, der künstlerisch Schaffende seine Bestätigung eben in jener großen Kraft, die sich zuweilen seiner bedient und die dann soviel mit ihm ausrichtet, daß er, wie bedrängt er sonst auch sei, die Geduld aufbringt, sich für sie zu erhalten. Wo für andere, über denen das Leiden zusammenschlägt, der tiefe fruchtbare Grund zur Langmuth sei –: ich hab es mich oft gefragt, ohne daß ich es zu einer Erklärung gebracht hätte. Indessen müssen wir zugeben, daß kaum etwas in so vielfältiger Erscheinung vom banalen Beispiel bis zur unvergeßlichsten Gestalt unserem Blick sich bietet, wie die Thatsache, daß das Leben in den kränkendsten, quälendsten, ja tödlichsten Umständen ist geleistet worden; daß man imstande war, es zu lieben, dort, wo es an jeder Stelle schrecklich war. Ja daß Menschen, die ein glänzendes Schicksal gleichgültig, ohne viel Lust und Theilnehmung hintrugen, nach einem plötzlichen Umsturz ihrer Lage ins Verzweifelte, krank, mißhandelt, auf dem Grunde unabsehbarer Gefängnisse, die Freudigkeit und Sicherheit ihres Herzens entfalten, ja recht eigentlich erst kennen lernen und genießen dürften. Ich bin solchen Lebensläufen, wo ich konnte, mit Eifer nachgegangen, und wenn ich gleich in keinem das Geheimnis selbst habe aufleuchten sehen, das so ungeheure Überstehungen möglich macht, so lebe ich doch in der dauernden Überzeugung, daß sie immerfort vorkommen.

Im Grunde sucht man in jedem Neuem (Land oder Mensch oder Ding) nur einen Ausdruck, der irgendeinem persönlichen Geständnis zu größerer Macht und Mündigkeit verhilft. Alle Dinge sind ja dazu da, damit sie uns Bilder werden in irgendeinem Sinn. Und sie leiden nicht dadurch, denn während sie uns immer klarer aussprechen, senkt unsere Seele sich in demselben Maße über sie.

Kunst ist nicht ein Sich-verständlich-machen, sondern ein dringendes Sich-selbst-verstehn; je näher Sie also [in] Ihrer innersten, einsamsten Anschauung oder Einbildung (Vision) kommen je mehr ist [es] erreicht und wenn auch keiner sonst es verstünde.

Kunstdinge sind ja immer Ergebnisse des In-Gefahr-gewesen-Seins, des in einer Erfahrung Bis-ans-Ende-gegangen-Seins, bis wo kein Mensch mehr weiter kann. Je weiter man geht, desto eigener, desto persönlicher, desto einziger wird ja ein Erlebnis, und das Kunstding endlich ist die notwendige, ununterdrückbare, möglichst endgültige Aussprache dieser Einzigkeit ... Darin liegt die ungeheure Hilfe des Kunstdings für das Leben dessen, der es machen muß –: daß es seine Zusammenfassung ist: der Knoten im Rosenkranz, bei dem sein Leben ein Gebet spricht, der immer wiederkehrende, für ihn selbst gegebene Beweis seiner Einheit und Wahrhaftigkeit, der doch nur ihm selber sich zukehrt und nach außen anonym wirkt, namenlos, als Notwendigkeit nur, als Wirklichkeit, als Dasein.

Was ich künstlerisch schreibe, wird wohl bis zuletzt irgendwo die Spuren des Widerspruchs aufweisen, mittels dessen ich mich angetreten habe –, und doch, wenn Sie mich fragen, so möchte ich nicht, daß es *dies* sei, was vor allem von diesen Arbeiten ausginge: nicht die Aufforderung zu irgendeiner Auflehnung und Befreiung, nicht das Ausspringen aus dem sie Umgebenden und ihnen Anfordernden, möchten – so wünsche ich – junge Menschen aus diesen Schriften schließen; vielmehr, daß sie in einer neuen Verträglichkeit das Gegebene, Zugemutete, unter Umständen Notwendige hinnähmen, vor ihm nicht nach auswärts sondern ins Tiefere auswichen, dem Druck der Verhältnisse nicht so sehr widerstreben, als vielmehr ihn ausnutzen, um durch ihn in eine dichtere, tiefere eigentümlichere Schicht der eigenen Natur eingesetzt zu werden.

Wenn ich heute so spreche und also vielmehr ein Hinnehmen, Sich-Vertragen und Aushalten befürworte (das ich selber nicht geleistet habe) –, so ist dies (hier prüfe ich mich streng) nicht eine Nachgiebigkeit des älteren Mannes, – sondern die Zeiten sind in der Tat andere geworden; zwischen jenem schwersten Jahrzehnt meiner Kindheit und der heutigen (selbst schlimmsten) Einstellung ist ein mit Zeitmaßen überhaupt kaum abschätzbarer Unterschied; mag auch jetzt noch zwischen Vater und Sohn der Abgrund täglich neu aufgerissen sein, gewisse Verständnisse sind über ihn hinüber möglich, ja so geläufig geworden, daß man sie gar nicht mehr zählt.

Offenbar wird jenes Ordnende, das unter den Kräften des Künstlerischen die unaufhaltsamste ist, durch zweierlei innere Lagen am dringendsten aufgerufen: durch das Bewußtsein des Überflusses und durch den völligen Einsturz in einem Menschen: als welcher ja auch wieder einen Überfluß ergiebt.

Die belebten, die erlebten, die *uns mitwissenden Dinge* gehen zur Neige und können nicht mehr ersetzt werden. *Wir sind vielleicht die Letzten, die noch solche Dinge gekannt haben.* Auf uns ruht die Verantwortung, nicht allein *ihr* Andenken zu erhalten (das wäre wenig und unzuverlässig), sondern ihren humanen und larischen Wert. (»Larisch«, im Sinne der Haus-Gottheiten.)

So sehr der Künstler in einem auch das *Werk* meint, seine Verwirklichung, sein Dasein und Dableiben über uns hinaus –, ganz gerecht wird man erst, wenn man einsieht, daß auch diese dringendste Realisierung einer höheren Sichtbarkeit, von einem endlich äußersten Ausblick aus, nur als Mittel erscheint, ein wiederum Unsichtbares, ganz und gar Inneres und vielleicht Unscheinbares –, einen heileren Zustand in der Mitte des eigenen Wesens zu gewinnen.

Das Dasein des Künstlers

Vielleicht ist der Dichter wirklich außerhalb alles Schicksals gemeint und wird zweideutig, ungenau, unhaltbar, wo er sich einläßt. Wie der Held erst im Schicksal wahr wird, so wird der Dichter verlogen darin; der eine erhält sich in der Überlieferung, der andere in der Indiskretion.

Es ist das Furchtbare an der Kunst, daß sie, je weiter man in ihr kommt, desto mehr zum Äußersten, fast Unmöglichen verpflichtet; da tritt seelisch das ein, was in einem anderen Sinn die Frau in dem baudelaireschen Gedicht meint, die in der großen Stille der Vollmondnacht plötzlich ausbricht: *Que c'est un dur métier que d'être belle femme* [Es ist eine schwere Aufgabe, eine schöne Frau zu sein].

Daß der Künstler, dem kein Platz in unserer (ihn höchstens ausnützenden und mißbrauchenden) Epoche gewährt ist, je nach seiner Anlage zu einem werden mußte, der sich verbirgt oder aufdrängt, ist ein so allgemeines, so offenkundiges Schicksal, daß dem einzelnen Schaffenden nur ein verschwindend kleiner Bruchteil dieses Verhängnisses, als ihm eigentümlich, anzurechnen bleibt.

Nun, bitte, verstehen Sie mich recht: wenn ich unserer Zeit vorwerfe, für den Künstler nicht eigentlich Raum und reines Bedürfnis zu haben, so ist das ohne jeden Vorwurf wider eben diese Zeit gemeint, in der wir leben. Nichts ist verschwendeter und absurder, als die Bedingungen jener Gegenwart, die uns, jeden Einzelnen, in jedem Augenblick, ausmacht, bestimmt und bewegt, zu verdächtigen und zu verurteilen. Sie ist die unsere und wir gehören ihr, ob wir wollen oder nicht und nur durch sie und mit ihren Mitteln reichen wir über sie (gelegentlich) hinaus. Indessen muß es erlaubt sein zu sagen, daß gewisse Betätigungen heutzutage schwer durchzusetzen sind und daß der künstlerische Wille, der in einem unserer Zeitgenossen aufkommt, besonders gefährdet erscheint, lange nicht mehr so sehr durch Widerstände und Widersprüche, als vielmehr durch ein Übermaß vielfältiger und ungeordneter Bedürfnisse die sich, enttäuscht und neugierig zugleich, alle an der Kunst befriedigen möchten.

Man hat, scheint mir, die Gefahr nicht erkannt, die, mit dieser fortwährenden Bloßlegung des Schaffenden, über alle diejenigen gebracht ist, die noch im Werden sind, – oder vielleicht (es böse zu sagen) *will* man diese Gefahr, um endlich mit diesem überflüßigen métier fertig zu werden. Über solche Aufdeckungen wird die Lage des Kunstwerks selbst immer problematischer. Das Publikum hat längst vergessen, daß es kein ihm angebotener Gegenstand ist, sondern ein in ein imaginäres Dasein und Dauern rein hingestellter, und daß sein Raum, eben dieser Raum seines Dauerns, nur scheinbar identisch ist mit dem Raume der öffentlichen Bewegungen und Umsätze. Eitelkeit des Produzierenden einerseits, auf der anderen Seite sein Weich- und Schwachwerden, indem er meinte, eine unmittelbare Hülfe und Heilkraft an die Bedürftigen mitzuteilen, haben ihn dazu gebracht, den Irrtum des Kunstempfängers fortwährend zu bestärken und zu komplizieren. Diesem Verhängnis gegenüber scheint es mir die allergrößte, ja dringendste Aufgabe der Kunstforschung zu sein, dem künstlerischen Werke seine besondere unbeschreibliche Situation zu schaffen, die ihm in früheren Zeiten durch das natürliche Vorhandensein zeitloser, ausgesparter, dem Göttlichen vergönnter Stellen erleichtert war.

Man kann nur im »Gekonnten« bleiben in der Kunst, und dadurch, daß man darin bleibt, nimmt es zu und führt immer wieder über einen hinaus. Die »letzten Ahnungen und Einsichten« nähern sich nur dem, der in der Arbeit ist und bleibt, mein' ich, und der, der sie von ferne bedenkt, bekommt keine Macht über sie. Aber das alles gehört schon so sehr in das Gebiet persönlicher Lösungen. Im Grunde geht es uns ja nichts an, wie es einer macht zu wachsen, wenn er nur wächst und wenn wir nur dem Gesetz unseres eigenen Wachstums auf der Spur sind ...

[D]enn wir, was uns angeht, übertreffen uns in der Kunstleistung nur deshalb bei weitem, weil wir dort wirklicher sind, nachweisbar; hier bloß Geste, die durch alles durch, an allem vorüber, über alles hinaus geht.

Wie ein junger Hund nichts anderes anstrebt, als eben ein Hund zu werden und sosehr Hund als möglich, so muß man in die Kunst hineinwachsen als in diejenige Daseinsform, für die man Herz und Lungen hat, als in das einzig Angemessene; kommt man von außen, so wirds nicht mehr als eine schlechte Vermummung, und das Leben übernimmt es, ehrlich, wie es ist, sie einem abzureißen. Die künstlerische Arbeit hat viele Gefahren und läßt oft im einzelnen nicht so rein erkennen, ob man weitergeht oder von dem Andrang übergroßer Kräfte, mit denen man sich eingelassen hat, zurückgetrieben wird. Da heißt es dann abwarten und aushalten, und dies ist immer sehr schwer für mich gewesen, weil ich außer der Arbeit alles vernachlässigt habe, so daß mir in solchen Zwischenzeiten alles, selbst die Stelle fehlt, auf der eine solche Entscheidung sich überstehen ließe. Ich habe wohl nie leidenschaftlicher als im letzten Jahr denen zugesehen, die etwas Gutes, Gleichmäßiges betreiben, was man immer »können« kann, etwas, was mehr von Verstand, Überlegung, Einsicht, Erfahrung – was weiß ich – abhängig ist, als von jenen gewaltigen Spannungen des inneren Erlebens, über die niemand Macht hat. Es sind nicht Exaltationen, sicher nicht, sonst könnten sie nicht so unbeschreiblich Reales im Geistigen durchsetzen, aber sie sind in ihrem Andrang und in ihrem Rückschlag von solcher Maßlosigkeit, daß man oft meinen möchte, das Herz kann so Äußerstes nach beiden Seiten nicht aushalten.

Erst mußte das künstlerische Anschauen sich so weit überwunden haben, auch im Schrecklichen und scheinbar nur Widerwärtigen das Seiende zu sehen, das, mit allem anderen Seienden, gilt. Sowenig eine Auswahl zugelassen ist, ebensowenig ist eine Abwendung von irgendwelcher Existenz dem Schaffenden erlaubt: ein einziges Ablehnen irgendwann drängt ihn aus dem Zustande der Gnade, macht ihn ganz und gar sündig. [...] Dies Sich-zu-dem-Aussätzigen-Legen und Alle-eigene-Wärme-, bis zu der Herzwärme der Liebesnächte, mit-ihm-Teilen: dies muß irgendwann im Dasein eines Künstlers gewesen sein, als Überwindung zu seiner neuen Seligkeit.

Daß einer auf seinem angeborenen Platz aufsänge, sei es auch hinter einer Maschine oder am Pflug (was ja sogar eine recht vergünstigte Lage wäre!), ist natürlich in der Ordnung; andererseits aber wäre es falsch, überall das ›métier‹ gelten zu lassen, um den künstlerisch Schreibenden (ich vermeide das abscheuliche: ›Schriftsteller‹) von dem seinen zu verdrängen. Niemand dächte daran, einen Seiler, Schreiner oder Schuster von ihrem Handwerk weg ›ins Leben‹ zu stoßen, damit sie bessere Seiler, Schreiner und Schuhmacher seien; auch den Musiker, den Maler, den Skulpteur ließe man eher bei dem Ihrigen gewähren. Nur bei dem Schreibenden scheint das Handwerk so gering, so von vornherein *gekonnt* (Schreiben kann jeder), daß manche (und unter ihnen auch gelegentlich Dehmel) der Meinung waren, der damit Beschäftigte gerate sofort ins leere Spielen, wenn man ihn zu sehr mit seinem métier allein lasse! Aber welcher Irrtum! Schreiben zu können ist, weiß Gott, nicht minder ›Schweres Handwerk‹, um so mehr, als das Material der anderen Künste von vornherein von dem täglichen Gebrauch abgerückt ist, während des Dichters Aufgabe sich steigert um die seltsame Verpflichtung, *sein* Wort von den Worten des bloßen Umgangs und der Verständigung gründlich, wesentlich zu unterscheiden. *Kein* Wort im Gedicht (ich meine hier jedes ›und‹ oder ›der‹, ›die‹, ›das‹) ist *identisch* mit dem gleichlautenden Gebrauchs- und Konversations-Worte; die reinere Gesetzmäßigkeit, das große Verhältnis, die Konstellation, die es im Vers oder in künstlerischer Prosa einnimmt, verändert es bis in den Kern seiner Natur, macht es nutzlos, unbrauchbar für den bloßen Umgang, unberührbar und bleibend ...

Und da, wie ich alle die Verstörungen bedachte, die die verhängnisvollen Jahre an Anderen und an mir verschuldet haben, entstand mir auch eine, wie mir scheint, gültige Antwort auf jene Frage in betreff der berühmten ›Schwierigkeiten‹, die die Menschen so oft für erziehlich und förderlich auszugeben, sich geneigt fühlen. Ich meine, es müßte ein großes gewaltiges Gebet geben des *einen* Flehens, es möchte jeder nur *sein* Schweres auf seinem Weg finden, ich will sagen *das*, das zu den einmal eingesehenen und leidenschaftlich bejahten Aufgaben seines Lebens immerhin in einer gewissen Proportionalität stünde –: dieses dürfte dann groß, ja außerordentlich übermächtig, es dürfte sogar tödlich sein. Denn, wer, wenn er einen wahrhaften Kampf auf sich nimmt, hat nicht auch die verschwiegene heilige Freudigkeit, in ihm unterzugehen ..., aber *in* ihm, nicht außerhalb, nicht auf einem Gebiet, wo sein Bestes, Ernstestes, Geübtestes, seine Kräfte, sein Urteil, seine entwickelte Erfahrung gelähmt erscheinen oder überhaupt nicht in Betracht kommen können. Ist die Frage nicht tatsächlich *so* zu beantworten? – Und ganz besonders, wenn man an den Künstler denkt, dessen

Aufgaben auf seinem eigensten Gebiet ihn ohnehin völlig und unerreichlich übertreffen. *Ihm*, vor Allem anderen, wäre zu wünschen und zu vergönnen, daß ihm (womöglich schon von Jugend an) nur *sein* Schweres widerführe!

Ruhm ist nur der Inbegriff aller Mißverständnisse, die sich um einen neuen Namen sammeln ... Wo immer Menschliches ganz groß wird, da verlangt es danach, sein Gesicht zu verbergen im Schoße allgemeiner namenloser Größe.

Der Ruhm heutzutage, wo alles mechanisch betrieben wird, weit entfernt Stille zu erzeugen, ergiebt, in Gang gesetzt, etwa den Lärm einer immensen Druckerei, man hört sein eigenes Wort nicht über den tausend Ruhm-Rädern und Ruhm-Riemen, und jeder der hinzutritt und den davon umsponnenen Menschen meint, findet sich am Ende mit an der Maschine angestellt und trägt dazu bei, ihr ungeheuerliches Benehmen und Toben zu unterhalten. Der Ruhm muß rasch sein in einer Zeit, da sein Ergebnis sich so bald abnutzt, schon die jüngsten Leute leben zwischen diesen von einem Verleger und einigen Freunden um sie aufgebauten Ruhm-Motoren –, es ist fast selten, einem ernstlich Leistenden gegenüber zu sein, der in seiner eigenen Stille steht, oder einfach mitten in seiner Melodie, neben dem redlichen Schlag seines Herzens!

Übrigens, wäre ich heute jung, ich würde mich unbedingt nach einer täglichen, sehr heterogenen Wirksamkeit umgesehen haben und versucht haben, mich in einem greifbaren Gebiet nach Kräften zu befestigen. Vielleicht dient man der Kunst heute besser und diskreter, wenn man sie zur verschwiegenen Angelegenheit gewisser Tage oder Jahre macht (was ja nicht bedeuten müßte, sie nebenbei und dilettantisch auszuführen, ist doch, um ein höchstes Beispiel zu nennen, Mallarmé zeitlebens englischer Sprachlehrer gewesen ...), aber der ›Beruf‹ selbst ist überfüllt mit Eindringlingen, von Unzugehörigen, von Ausbeutern des hybrid-gewordenen métiers, und seine Erneuerung, ja die neue Sinnsetzung, ohne die diese ins Auffällige drängende Bloßstellung nächstens wird absurd geworden sein, kann nur durch jene stillen *Einzelnen* geschehen, die sich *nicht* hinzurechnen und keinen von den Gebräuchen akzeptieren, die der Literat in Gültigkeit und Umlauf gesetzt hat. Mag jener nun ein Privatmann sein oder sich sonst hinter einem gekonnten Gewerbe unscheinbar halten, er wird das Seinige zur Korrektur längst unmöglich gewordener Verhältnisse um so eher beitragen, als sein dichterisches *Schweigen* neben seinem tiefsten Beredtwerden eine gewisse Bedeutung haben wird. –

Kunst ist Kindheit.

Glaube nicht, Künstler, daß deine Prüfung in der Arbeit sei. Du bist nicht, wofür du dich giebst und als den der oder jener dich nehmen mag, weil er's nicht besser weiß, solang sie dir nicht so ganz Natur geworden ist, daß du gar nicht anders *kannst*, als dich bewähren in ihr. So arbeitend bist du der meisterhaft geworfene Speer: Gesetze empfangen dich aus der Hand der Werferin und stürzen mit dir ins Ziel –. Was wäre gesicherter als dein Flug?

Deine Prüfung aber sei, daß du nicht immer geworfen bist. Daß die Speerspielerin Einsamkeit dich nicht wählt, lange nicht, daß sie dich vergißt. Das ist die Zeit der Versuchungen, wenn du dich ungebraucht, unfähig fühlst. (Als ob es nicht genügend Beschäftigung wäre, bereit zu sein!) Dann, wenn du nicht sehr schwer daliegst, üben sich die Zerstreuungen an dir und versuchen, wie du anders zu verwenden sein möchtest. Als Stab eines Blinden, als eine unter den Stangen eines Gitters, oder als der Gleichgewichtsstock eines Seiltänzers. Oder sie sind imstand und pflanzen dich ein im Erdreich des Schicksals, daß dir das Wunder der Jahreszeiten geschähe und du triebest vielleicht kleine grüne Blätter des Glücks …

Wie sehr alles den künstlerisch Arbeitenden unterbrechen, abziehen und hindern will an dem In-sich-Hineingehen; wie alles ihn verurteilt, wenn es ihn verlangt, seine innerste Welt zu pflegen und zu vollenden, damit sie das ganze Äußere, alles, bis an die Sterne hin, eines Tages im Gleichgewicht zu halten und, sozusagen, sich gleichzusetzen vermöchte. – Und selbst die Freunde, die einer solchen Innenexistenz gewährend zusehen, wie oft verfallen auch sie dem Fehler, als Gebende, von dem Schaffenden ein geistiges Wiedergeben außerhalb der Arbeit zu erwarten.

Es ist ja wirklich ein Unterschied, ob die Kunst für einen, eine Art zu leben, oder nur eine Beschäftigung ist. Das erste ist indessen so ungeheuer und so langsam und vielleicht erst in großem Alter zu erreichen, daß Sie keinen Anlaß haben, sich unter die Leute mit jenem merkwürdigen Namen zu stellen (den auch ich immer mit einer ganzen Menge verdoppelter Consonanten zu schreiben versucht bin). Nur die ganz Großen *sind* Künstler in jenem strengen aber einzig wahren Sinn, daß die Kunst eine Art zu leben für sie geworden ist –: alle anderen, wir alle, die wir uns erst nur noch mit Kunst beschäftigen, begegnen uns auf denselben weiten Wegen und grüßen uns in derselben stillen Hoffnung und sehnen uns nach derselben fernen Meisterschaft.

Die Kunst des Alleinseins

Dem Einsamen gegenüber darf man viel wörtlicher sein: die Einsichten eines anderen stecken ihm gewissermaßen die Geräumigkeit ab, zu welcher er sonst, als zu einem durchaus Maßlosen, keine Beziehung gewinnt –, für den aber, der sich in glücklichen Wechselwirkungen erfährt, ist der Lebensraum von Realitäten erfüllt, und er dürfte weder bei einer Entdeckung festgehalten noch auf die nächste vorbereitet sein. Seine Aktivität ist der des Einsamen durchaus entgegengesetzt, sie ist zentrifugal und die Gravitation, die sich in ihr auswirkt, unabsehlich.

Vielleicht ist Schaffen nichts anderes als sich tief erinnern.

Jeder muß in seiner Arbeit den Mittelpunkt seines Lebens finden und von dort aus strahlenförmig wachsen können, soweit es geht. Und dabei darf ihm kein Zweiter zusehen und gerade der Nächste und Liebste nicht: denn nicht einmal er selber darf es. Es liegt eine Art Reinheit und Jungfräulichkeit darin, in diesem von sich selbst Fortschauen; es ist, wie wenn man zeichnet, den Blick an das Ding gebunden, verwoben mit der Natur, und die Hand geht allein irgendwo unten ihren Weg, geht und geht, wird ängstlich, schwankt, wird wieder froh, geht und geht tief unter dem Gesicht, das wie ein Stern über ihr steht, das nicht schaut nur *scheint*. Mir ist, als hätte ich immer so geschaffen: das Gesicht im Anschauen ferner Dinge, die Hände allein. Und so muß es gewiß auch sein. So will ich wieder werden mit der Zeit; aber dazu muß ich so einsam bleiben, wie ich es jetzt bin, meine Einsamkeit muß erst wieder fest und sicher sein wie ein nie betretener Wald, der sich nicht vor Schritten fürchtet. Sie muß alle Betonung verlieren, jeden Ausnahmswert und jede Verpflichtung. Sie muß Alltag werden, das Natürliche und Tägliche; die Gedanken, die kommen, auch die flüchtigsten, müssen mich ganz allein finden, dann werden sie sich wieder entschließen, mir zu vertrauen ...

Denn die Einsamkeit ist wirklich eine innere Angelegenheit, und es ist der beste und hilfreichste Fortschritt, das einzusehen und danach zu leben. Es handelt sich ja doch um Dinge, die nicht ganz in unseren Händen liegen, und das Gelingen, das schließlich etwas so Einfaches ist, setzt sich aus Tausendem zusammen: wir wissen nie ganz woraus.

Es kann kein Mensch aus sich so viel Schönheit heben, daß sie ihn ganz verdeckt. Seines Wesens ein Stück sieht immer dahinter hervor. Aber in den Gipfelzeiten der Kunst haben einzelne neben ihrer Schönheit so viel edles Erbtum vor sich aufgebaut, daß das Werk nicht mehr nach ihnen verlangt. Neugier und Sitte des Publikums suchen und finden ihre Persönlichkeit; aber es ist keine Not dazu. In solchen Zeiten gibt es eine Kunst, aber keine Künstler.

[S]elten geschieht es, daß ein Mensch in einer beglükkenden, erfüllenden Fügung sich tiefer und ernster erkenne; den meisten scheinen dann die Ergebnisse ihrer vorhergehenden Einsamkeit schwermütige Irrtümer, sie werfen sich in die Blendungen des Glücks und vergessen und verleugnen den Kontur in ihrer inneren Wirklichkeit.

Wie wenn man einen kleinen Vogel findet, der durstig ist. Man nimmt ihn fort vom Rande des Todes, und das kleine Herz schlägt wachsend an die warme zitternde Hand wie die äußerste Welle eines Riesenmeeres, dessen Strand du bist. Und du weißt plötzlich, mit diesem kleinen Tier, das sich erholt, erholt sich das Leben vom Tode. Und du hältst es empor. Geschlechter von Vögeln und alle Wälder, über welche sie ziehen, und alle Himmel, zu denen sie steigen werden. Und ist das alles so leicht? Nein: du bist sehr stark, Schwerstes zu tragen, in solcher Stunde.

Es ist die eine, immer wieder bestätigte Erfahrung, zu der ich langsam vorgeschritten bin nach einer bangen vielverzagenden Kindheit, daß die wirklichen Fortschritte meines Lebens gewaltsam nicht heraufbewegt werden können, daß sie lautlos eintreten und daß ich an ihnen beschäftigt bin, wenn ich still und inständig an den Dingen arbeite, die ich im tiefsten Sinne als meine Aufgaben erkannt habe.

In was für einer Unglückserde graben wir Dichtermaulwürfe doch herum, nie wissend, wo wir heraufstoßen und wer uns etwa dort gleich frißt, wo wir die staubige Nase aus dem Erdreich stecken.

Kunst erscheint mir als das Bestreben eines Einzelnen, über das Enge und Dunkle hin, eine Verständigung zu finden mit allen Dingen, mit den kleinsten, wie mit den größten, und in solchen beständigen Zwiegesprächen näher zu kommen zu den letzten leisen Quellen alles Lebens. Die Geheimnisse der Dinge verschmelzen in seinem Innern mit seinen eigenen tiefsten Empfindungen und werden ihm, so als ob es eigene Sehnsüchte wären, laut. Die reiche Sprache dieser intimen Geständnisse ist die Schönheit.

Erwarten Sie keinen Bericht meines inneren Zustands – ich muß davon schweigen; es wäre selbst für mich ärgerlich, Rechenschaft abzulegen von all den Veränderungen in meinem Wohlbefinden, denen ich in meinem Ringen um Konzentration ausgesetzt war. Diese Umkehr aller meiner Kräfte, diese Veränderung der Richtung meiner Seele ereignet sich nie ohne eine Reihe von Krisen. Die meisten Künstler vermeiden solche Krisen durch verschiedene Ablenkungen, doch das führt auch dazu, daß sie niemals den Mittelpunkt ihrer Produktion erreichen, von dem sie im Moment ihrer größten Bewegung sich abgelöst hatten. Vor dem Beginn jeder neuen Arbeit muß man diese ursprüngliche Unschuld neu erschaffen und in den naiven Zustand zurückkehren, in dem der Engel sich offenbarte und zuerst sein Willkommen aussprach. Man muß hinter den Dornen das Bett wiederentdecken, auf dem man eingeschlafen war; doch dieses Mal wird man nicht schlafen, man wird beten und stöhnen – es ist gleichgültig, falls der Engel sich herabläßt und wiederkehrt; tut er dies nicht wegen der Tränen, sondern aufgrund Ihrer bescheidenen Entscheidung, immer wieder zu beginnen: ein Anfänger zu sein!

Die Menschen haben, ehe sie die Arbeit richtig kennen gelernt hatten, die Zerstreuung erfunden als der falschen Arbeit Abspannung und Gegenteil. Hätten sie gewartet, ach, und sich lange geduldet, so wäre die wirkliche Arbeit ihnen ein wenig erreichbarer geworden, und sie wären zu der Einsicht gekommen, daß die so wenig ein Gegenteil haben kann, wie die Welt eines hat, oder Gott oder irgendeine lebendige Seele. Denn sie ist alles, und was nicht sie ist, ist nicht und nirgends.

Der Prozeß des Schaffens

Wer von [uns] müßte nicht dies vor allem erstreben: in seinem Können sicher zu werden, um gegen das von Außen kommende Urteil jeweils die rechten Gegengewichte im eigenen Gewissen zu besitzen.

Das innerste Gewissen wach halten, das uns bei jedem ausgebildeten Erlebnis ansagt, ob es so, wie es nun dasteht, ganz und gar in seiner Wahrhaftigkeit und Lauterkeit zu verantworten sei: Das ist der Grund jeder künstlerischen Hervorbringung, der auch dort zu schaffen wäre, wo eine in Schwebe erhaltene Inspiration sozusagen des Bodens entbehren kann.

So kann ich mir denn die einzelnen Künste gar nicht getrennt genug vorstellen, welche, wie ich gleich zugebe, übertriebene Einstellung vielleicht darin ihren empfindlichsten Grund hat, daß ich selber, dem malerischen Ausdruck sehr geneigt, in meiner Jugend mich für eine Kunst entscheiden mußte, um der Zerstreuung zu entgehen –, und so geschah dieser Entschluß denn mit einer gewissen leidenschaftlichen Exklusivität. Übrigens muß, für meine Erfahrung, jeder Künstler, um der Intensität willen, seine Ausdrucksmittel, während er produziert, für die, sozusagen, einzigen halten, denn er käme sonst leicht zu der Vermutung, daß das oder jenes Stück Welt mit seinen Mitteln überhaupt nicht ausdrückbar sei, und fiele schließlich in den innersten Zwischenraum zwischen den einzelnen Künsten, der ja klaffend genug ist und den nur die vitale Gespanntheit der großen Meister der Renaissance wirklich zu überbrücken wußte. Wir sind vor die Aufgabe gestellt, uns reinlich zu entscheiden, jeder zu einer, seiner Ausdrucksform, und dieser, in einem Fache beschlossenen Gestaltung wird jedes Zuhülfekommen anderer Künste schwächend und gefährlich.

Steh froh auf zu deinem Werktage, wenn du es kannst. Und kannst du es nicht, was hindert dich daran? Ist da etwas Schweres im Wege? Was hast du gegen das Schwere? Daß es dich töten kann. Es ist also mächtig und stark. Das weißt du von ihm. Und was weißt du vom Leichten? Nichts. An das Leichte haben wir gar keine Erinnerung. Selbst wenn du also wählen dürftest, müßtest du nicht eigentlich das Schwere wählen? Fühlst du nicht, wie verwandt es mit dir ist? ... Und bist du nicht im Einklang mit der Natur, wenn du es wählst? Meinst du, dem Keim wäre es nicht leichter, in der Erde zu bleiben? – Es gibt gar nicht ein Leichtes und ein Schweres. Das Leben selbst ist das Schwere. Und leben willst du doch? Du irrst also, wenn du *das* Pflicht nennst, daß du das Schwere auf dich nimmst. Es ist Selbsterhaltungstrieb, was dich dazu drängt. Was aber ist denn Pflicht? Pflicht ist, das Schwere zu lieben … du mußt da sein, wenn es dich braucht. –

Mir geht es oft so, daß ich mich frage, ob die Erfüllung eigentlich etwas mit Wünschen zu tun hat. Ja, solang der Wunsch schwach ist, ist er wie eine Hälfte und braucht das Erfülltwerden wie eine zweite Hälfte, um etwas Selbständiges zu sein. Aber Wünsche können so wunderbar zu etwas Ganzem, Vollem, Heilem auswachsen, das sich gar nicht mehr ergänzen läßt, das nur noch aus sich heraus zunimmt und sich formt und füllt. Manchmal könnte man meinen, dies gerade wäre die Ursache der Größe und Intensität eines Lebens gewesen, daß es sich mit zu großen Wünschen einließ, die von innen wie ein Ressort Aktion auf Aktion, Wirkung nach Wirkung ins Leben hinaus trieben, die kaum mehr wußten, worauf sie ursprünglich gespannt waren, und nur noch elementar, wie starkes, fallendes Wasser, sich in Handlung und Herzlichkeit, in unmittelbares Dasein, in frohen Mut umsetzten, je nachdem das Geschehen und die Gelegenheit sie einschaltete.

Ich meine nämlich, daß, sobald ein Künstler einmal die lebendige Mitte seiner Betätigung gefunden hat, nichts für ihn so wichtig ist, wie sich in ihr zu halten und von ihr aus (die ja auch die Mitte seiner Natur, seiner Welt ist) nie weiter fortzugehen als bis an die Innenwand seiner still und stetig hinausgetriebenen Leistung; sein Platz ist nicht, *nie*, auch nicht für einen Augenblick, neben dem Beschauer und Beurteiler. (Mindestens nicht mehr in einer Umgebung, in der das Sichtbare überall zum Zweideutigen und Vorläufigen, zur Hilfskonstruktion, zum Gerüst für irgend etwas herabsinkt.) Und es gehört auch schon fast eine akrobatische Geschicklichkeit dazu, um von jenem Betrachtungsposten, genau und unbeschädigt, in die innere Mitte zurückzuspringen (: die Distanzen sind zu groß, die Stellen selbst alle zu erschüttert für ein solches, eminent neugieriges Wagnis). Die meisten Künstler heute brauchen ihre Kraft in diesem Hin- und Herwagen auf, und nicht nur, daß sie sich an sie ausgeben, sie verwirren sich heillos und verlieren einen Teil ihrer wesentlichen Unschuld an die Sünde, ihr Werk von außen überrascht, es gekostet, es mit-genossen zu haben!

Es hat das Gedränge der Verwirrungen, die uns die Übersichtlichkeit und Ordnung des Heutigen erschweren, gefährlich vermehrt, daß die Rufe der Kunst so oft als Rufe *zur* Kunst sind verstanden worden. So haben die Erscheinungen künstlerischer Betätigung – Gedichte, Bilder, Skulpturen und die schwebenden Gestaltungen der Musik –, statt ins Leben hineinzuwirken, immer mehr junge, künftige Menschen aus ihm herausgerufen. Dieses Mißverständnis entzieht dem Leben viele ihm zugehörige Elemente, und der Bereich der Kunst, in dem doch nur einige Große am Ende berechtigt bleiben, überfüllt sich mit Verführten und Flüchtigen. Nichts meint das Gedicht weniger, als in dem Lesenden den möglichen Dichter aufzuregen ..., und das vollendete Bild sagt doch eher: siehe, du mußt nicht malen; ich bin schon da!

Also, *darüber* müßten wir, zum Schluß, genau verständigt sein, Freund und Bruder: daß die Kunst nicht zuletzt wieder Künstler zu stiften vorhat. Sie meint keinen zu sich hinüber zu rufen, ja es ist immer meine Vermutung, daß es ihr auf eine Wirkung überhaupt nicht ankäme. Indem aber ihre Gestaltungen, aus unerschöpflichem Ursprung ununterdrückbar hervorgegangen, seltsam still und übertrefflich unter den Dingen da stehen, könnte es geschehen, daß sie *jeder* menschlichen Betätigung unwillkürlich irgendwie vorbildhaft werden durch ihre angeborene Uneigennützigkeit, Freiheit und Intensität.

Und, bitte, wenn ich nun von einer Zeichnung rede, so denken Sie ohne Vorwurf und Ungeduld an die Ruhezeit, die Ihre Gesundheit Ihnen befiehlt; ich wünsche vom ganzen Herzen, daß diese Pause bald mit einem guten neuen Anfang schließt. Aber ich habe mich sooft gefragt, ob nicht gerade die Tage, da wir gezwungen sind müßig zu sein, diejenigen sind, die wir in tiefster Tätigkeit verbringen? Ob nicht unser Handeln selbst, wenn es später kommt, nur der letzte Nachklang einer großen Bewegung ist, die in unthätigen Tagen in uns geschieht?

Jedenfalls ist es sehr wichtig, mit Vertrauen müßig zu sein, mit Hingabe, womöglich mit Freude. Die Tage, da auch unsere Hände sich nicht rühren, sind so ungewöhnlich still, daß es kaum möglich ist, sie zu erleben, ohne vieles zu hören.

[W]ie sehr die Kunst gegen die Natur geht, sie ist die leidenschaftlichste Inversion der Welt, der Rückweg aus dem Unendlichen, auf dem einem alle ehrlichen Dinge entgegenkommen, nun sieht man sie in ganzer Gestalt, ihr Gesicht nähert sich, ihre Bewegung gewinnt an Einzelheit –: ja, aber wer ist man denn, daß mans darf, daß man diese Richtung geht wider sie alle, diese ewige Umkehr, mit der man sie betrügt, indem man sie glauben läßt, daß man schon irgendwo angekommen war, an irgend einem Ende und nun Muße hat zurückzugehen –?

Und Sie wissen ja, daß das Unerbittliche dasein muß um des Erbetenen willen, und daß die Schönheit dünn und gering wird, wenn man sie nur im Gefälligen sucht; dort ruht sie zuweilen; aber sie wohnt und wacht innen in jeden Ding und schließt sich ein und tritt nur für den hervor, der sie überall glaubt und nirgends weitergeht, eh er sie beharrlich beschwört –.

Wo man Großes erwartet, ist es ja nicht das oder jenes, worauf man rechnet, man kann gar nicht rechnen und raten; denn es handelt sich um das Unerwartete, Unabsehbare. Und die Langsamkeit eines Weges könnte niemanden weniger beirren als mich, dessen tägliche Erfahrung die großen Maßeinheiten sind, in denen künstlerisches Wachstum zunimmt.

Denn in unserem Schauen liegt unser wahrstes Erwerben. Wollte Gott, daß unsere Hände wären, wie unsere Augen sind: so bereit im Erfassen, so sorglos im Loslassen aller Dinge; dann könnten wir wahrlich reich werden. Reich aber werden wir nicht dadurch, daß etwas in unseren Händen wohnt und welkt, sondern dadurch, daß alles durch ihren Griff hinströmt wie durch das festliche Tor des Einzugs und der Heimkehr. Nicht ein Sarg sollen uns die Hände sein: ein Bett nur, darin die Dinge dämmernden Schlaf und Träume tun, aus deren Tiefen heraus ihre liebsten Verborgenheiten reden. Jenseits der Hände aber sollen die Dinge weiterwandern, stämmig und stark, und wir sollen von ihnen nichts behalten als das mutige Morgenlied, das hinter ihren verhallenden Schritten schwebt und schimmert. Denn Besitz ist Armut und Angst; Besessenhaben allein ist unbesorgtes Besitzen!

Das Anschauen ist eine so wunderbare Sache, von der wir noch so wenig wissen; wir sind mit ihm ganz nach außen gekehrt, aber gerade wenn wirs am meisten sind, scheinen in uns Dinge vor sich zu gehen, die auf das Unbeobachtetsein sehnsüchtig gewartet haben, und während sie sich, intakt und seltsam anonym, in uns vollziehen, ohne uns, – wächst in dem Gegenstand draußen ihre Bedeutung heran, ein überzeugender, starker, – ihr einzig möglicher Name, in dem wir das Geschehnis in unserem Innern selig und ehrerbietig erkennen, ohne selbst daran heranzureichen, und nur ganz leise, ganz von fern, unter dem Zeichen eines eben noch fremden und schon im nächsten Augenblick aufs neue entfremdeten Dinges begreifend –.

Oh, diese Sehnsucht, anfangen zu können, und immer alle diese versperrten Wege. Wie wird es mit meiner Arbeit? Jeden Morgen stehe ich auf, zu diesem nutzlosen und bangen Warten und gehe schlafen enttäuscht, verstört und geschlagen von meiner Unfähigkeit. Oh wenn ich ein Handwerk hätte, etwas tägliches, etwas nahes ... All dieses Warten auf die fernen Dinge. Ist es Überhebung? O, wem der Wille wankt, dem wankt die Welt.

Es ist furchterregend zu denken, wieviele Dinge mit Worten geschaffen und wieder abgeschafft werden. Sie sind so weit von uns, in ihrer ewigen Ungenauigkeit eingeschlossen und stehen unseren dringlichsten Bedürfnissen völlig teilnahmslos gegenüber; sie ziehen sich in dem Moment zurück, in dem wir sie fassen, denn sie haben ihr Leben und wir haben das unsere.

Kunst ist Kindheit nämlich. Kunst heißt, nicht wissen, daß die Welt schon *ist*, und eine machen. Nicht zerstören, was man vorfindet, sondern einfach nichts Fertiges finden. Lauter Möglichkeiten. Lauter Wünsche. Und plötzlich Erfüllung sein, Sommer sein, Sonne haben. Ohne daß man darüber spricht, unwillkürlich. Niemals vollenden. Niemals den siebenten Tag haben. Niemals sehen, daß alles gut ist. Unzufriedenheit ist Jugend. Gott war zu alt am Anfang, glaub ich. Sonst hätt er nicht aufgehört am Abend des sechsten Tages. Und nicht am tausendsten Tag. Heute noch nicht. Das ist aller Grund, den ich gegen ihn habe. Daß er sich ausgeben konnte. Daß er fand, daß sein Buch zu Ende sei mit dem Menschen, und nun die Feder fortgelegt hat und wartet, wie viel Auflagen es haben wird. Daß er kein Künstler war, das ist so traurig. Daß er *doch* kein Künstler war. Darüber möchte man weinen und den Mut verlieren zu Allem –

Das Leben eines jeden Menschen, der einen bestimmten Punkt in seiner Auseinandersetzung mit der Kunst erreicht hat, ist Entstellungen unterworfen, die an einer gewissen Seite dem Manischen nahe sind; man benötigt sehr viel Mut in der Kunst, selbst wenn der Künstler draußen oft eine alberne Feigheit an den Tag legt; dies ist sein Mut ... Ich habe das mit Vorliebe so ausgedrückt: »es ist wahr, ich bin ein Hasenfuß – aber dafür darf ich manchmal auch der ganze Hase sein!«

Wir sind also sicher darauf angewiesen, uns am Äußersten zu prüfen und zu erproben, aber auch wahrscheinlich gebunden, dieses Äußerste nicht vor dem Eingang in das Kunstwerk auszusprechen, zu teilen, mitzuteilen: denn als Einziges, was kein anderer verstehen würde und dürfte, als persönlicher Wahnsinn sozusagen, hat es einzutreten in das Werk, um drin gültig zu werden und das Gesetz zu zeigen, wie eine angeborene Zeichnung, die erst in der Transparenz des Künstlerischen sichtbar wird. – Zwei Freiheiten der Mitteilung gibt es trotzdem, und es scheinen mir die äußerst möglichen zu sein: die angesichts des vollbrachten Dinges und jene innerhalb des eigentlichen täglichen Lebens, in dem man sich zeigt, was man durch die Arbeit geworden ist und dadurch gegenseitig hält und hilft und (im demütigsten Sinn verstanden:) bewundert. Aber im einen wie im anderen Fall muß man sich *Ergebnisse* zeigen, und es ist kein Mangel an Vertrauen, keine Entbehrung aneinander und kein Ausschluß, wenn man sich nicht die Werkzeuge des Werdens vorlegt, die so viel Verwirrendes, Quälendes und nur für die persönliche Verwendung Gültiges an sich haben.

In der Kunst, wenn man die Zeit hat, durchzuhalten und ein ganzes, ununterbrochenes Werk zu schaffen, sind alle Widerstände, selbst begriffliche, notwendig und können schließlich einen Gegenrhythmus schaffen.

Wer in der Kunst steht und in ihr ringt und alles andere aufgegeben hat, der ist streng geworden, sehen Sie. Der mag eher warnen als hereinrufen in einen Bezirk ungeheuerster Anforderungen und unbeschreiblicher Opfer. Und da hat noch gut reden, wer an seinem Schreibtisch sitzt, hinter verschlossenen Thüren: er hat es mit sich allein auszumachen. Aber der Schauspieler, selbst wenn er von dem reinsten Müssen seines Wesens ausgeht, steht im Offenen da und thut seine Arbeit im Offenen, allen Einflüssen, Beirrungen, Störungen, ja Feindseligkeiten ausgesetzt, die von seinen Collegen, die vom Publikum ausgehen, ihn unterbrechen, ablenken, spalten. Er hat es schwerer als irgend ein Anderer; er ist vor allem darauf angewiesen, den Erfolg anzulocken und sich nach ihm zu richten und doch, welches Elend, wenn er darüber die innere Richtung aufgiebt, die ihn in die Kunst getrieben hat. Er hat scheinbar kein Selbst; sein Beruf besteht darin, sich eines ums andere diktieren zu lassen, und das Publikum, sowie es ihn nur einmal gebilligt hat, will ihn in den Grenzen halten, die ihm gefällig sind; und doch hängt seine Leistung durchaus davon ab, ob er die innere Constante durchsetzt, durch alle Wandlungen durch, blindlings, wie ein Rasender. Jede Nachgiebigkeit gegen den Erfolg bringt ihm ebenso sicher den Untergang, wie es der Untergang des Malers oder Dichters ist, nachzugeben und den Beifall in die Voraussetzungen seiner Hervorbringung einzubeziehen.

Das Kunstwerk

Wenn man Gedichte schreibt, ist man immer unterstützt und sogar mitgerissen vom Rhythmus der Dinge außen; denn die lyrische Kadenz ist diejenige der Natur: der Wasser, des Winds, der Nacht. Aber um Prosa rhythmisch zu formen, muß man sich in sich selbst vertiefen und den anonymen, vielfältigen Rhythmus des Blutes finden. Die Prosa will gebaut sein wie eine Kathedrale; dort ist man wirklich ohne Namen, ohne Ehrgeiz, ohne Beistand: auf Baugerüsten, allein mit dem Gewissen.

Was man mit einundzwanzig Jahren schreibt, ist ein Schrei, – denkt man bei einem Schrei daran, ob er hätte anders geschrieen sein müssen? Die Sprache ist noch so dünn um einen in diesen Jahren, der Schrei dringt durch und nimmt eben nur mit, was an ihm hängen bleibt. Die Entwicklung wird immer die sein, daß man sich die Sprache voller, dichter, fester macht (schwerer), und dies hat dann freilich nur Sinn für einen, der sicher ist, daß auch der Schrei in ihm unablässig, unaufhaltsam zunimmt, so daß er später, unter dem Druck unzähliger Atmosphären, aus allen Poren des fast undurchdringlichen Mediums gleichmäßig austritt.

Das Ding ist bestimmt, das Kunst-Ding muß noch bestimmter sein; von allem Zufall fortgenommen, jeder Unklarheit entrückt, der Zeit enthoben und dem Raum gegeben, ist es dauernd geworden, fähig zur Ewigkeit. Das Modell *scheint*, das Kunst-Ding *ist*. So ist das eine der namenlose Fortschritt über das andere hinaus, die stille und steigende Verwirklichung des Wunsches zu sein, der von allem in der Natur ausgeht. Damit fällt der Irrthum, der die Kunst zu dem willkürlichsten und eitelsten Gewerbe machen wollte, aus; sie ist der demütigste Dienst und ganz getragen von Gesetz.

Schon recht frühe empfand ich vielmehr so, als ob es im Wesen gewisser geistiger Gestaltungen läge, sich in uns und bei uns nicht hinreichend gesichert zu fühlen; es ist dann sozusagen ihr eigener Auftrieb, der sie in eine Sphäre hinauf- oder hinüberhebt, wo sie, unabhängig von unserer Hinfälligkeit, Aussicht haben, eine Weile zu dauern. Es beschäftigt mich mehr, zu betrachten, wie rein diese Dauer des Kunstwerkes ist, denn es erzeugt aus sich seinen eigenen Raum, der nur dem oberflächlichen Hinsehen identisch scheint mit der öffentlichen Räumlichkeit, die freilich behauptet, dieses neue Ding in Besitz genommen zu haben.

[S]ondern, daß ein Ding zur Kunst wird, liegt an seinem höheren, die Dinge des Gebrauchs oder die Ausdrücke des Umgangs, kraft seiner Natur, übertreffenden Schwingungsgrad, als dessen sekundäre Folge erst die Absicht auftritt, einer solchen, das Vergängliche und – banal gesprochen – Private übersteigenden Gestaltung eine Situation zu schaffen, in der sie bleibender und gewissermaßen weltischer dauere und überlebe. Von »Wirkung« ist da nirgends die Rede, nicht einmal von dem eigentlichen Hinaustreten, das nur ein akzidentelles ist, für eine von selbst in größere Verhältnisse hineingeborene Erscheinung.

Freiheit darf man nur dem rathen, der von unendlicher Verantwortung weiß. Auf dem Grunde der Kunst giebt es keine schreibbaren Regeln mehr, wohl aber Momente reinster Gesetzgebung für den in einem letzten Sinne Hörigen!

Es ist mir später oft aufgefallen, wie sehr die Kunst eine Sache des Gewissens ist. Nichts braucht man so sehr in künstlerischer Arbeit wie das Gewissen: es ist der einzige Maßstab. (Die Kritik ist keiner, und auch die außerhalb der Kritik sich bewegende Zustimmung oder Ablehnung anderer darf nur ganz selten, unter nicht zu verwechselnden Bedingungen, Einfluß gewinnen.) Darum ist es sehr wichtig, in jenen frühen Jahren das Gewissen nicht zu mißbrauchen, nicht hart zu werden an der Seite, auf der es liegt. Es muß leicht bleiben bei allem; man darf ebenso wenig fühlen wie irgendein inneres, unserem Willen entzogenes Organ. Den leisesten Druck aber, der von ihm ausgeht, muß man beachten, sonst verliert die Waage, auf der man später jedes zu schreibende Vers-Wort wird prüfen müssen, ihre äußerste Beweglichkeit.

Ob ein aus Herz und Geist Hervorgebrachtes dorthin gehört, scheint mir immer mehr eine Proportionalitätsfrage zu sein. Natürlich ist kein Wahrhaftiges und sich rein Bezeugendes gering zu nehmen, aber jeder derartigen Auswirkung entspricht ein besonderes Kraftfeld, und vielleicht ist die Anarchie der Welt durch nichts tiefer verschuldet als eben durch den fast völligen Verlust der Einsicht in das Maß und die Angemessenheit des Wirkenden. Kräfte, die, an ihrer Stelle gelassen, zur Mitte würden in einem von ihnen beherrschten Umkreis, sehen sich hinausgeschleudert ins Offene, wo ihnen sofort alle Verhältnismäßigkeit abgeht. Nie waren die Verschwendungen ärger und unsinniger, und die Verarmungen machen sich denn auch in allen Einfriedigungen geltend, während der Raum nicht dadurch gewinnt, daß die dort entwendeten Spannungen an ihn verloren gehen. Es ist ein nun schon hereditäres Mißverständnis, daß man, soweit es sich nicht um einfache Mitteilungen handelt, eine gewisse Verkörperung des Geistes »veröffentlichen« könne. Jedes derartige Ding ist der Mittelpunkt einer kleineren oder größeren Sphäre, und so wenig man eines, das seiner Natur nach die Eigenschaften und Beziehungen von Gestirnen hat, auf die Dauer privat und eigentümlich zu verhalten vermöchte, so wenig steigert man die Kraft und Strahlung eines anderen dadurch, daß man es bloßlegt und alle Mauern um es niederreißt. Dies wird die wesentlichste Korrektur sein, der eine ins Öffentliche aufgelöste Welt sich wird zu unterwerfen haben: daß sie jede Kraft zurückgibt an das ihr entsprechende Ausmaß –, es müßte denn alles auf eine Enteignung der Einzelkräfte hinausgehen, worüber dann freilich das, was wir jetzt Kunst und Geist nennen, aufgehoben erscheine, zugleich mit allen Innenräumen des Gemüts und der herzlichen Einrichtung.

Die ergreifenden Kunstwerke Unbekannter, die sich erhalten haben, verlieren keineswegs an Wirkung und Dasein dadurch, daß wir sie mit den Schicksalen und Daten ihrer Urheber nicht verbinden können. Was aber diejenigen angeht, die einem Kunstding gegenüberstehen, dessen Hervorbringer noch vorhanden oder doch mindestens noch nachweisbar ist, so tut man ihnen einen viel zu billigen Gefallen, indem man sie über ihn aufklärt. Der indiskreten Publizität unserer Zeit stehen allerhand Apparate zur Verfügung, den Autor hinter seinem Vorwande zu fassen und zu ermessen, und die Künstler selbst sind der handgreiflichsten Neugier in jeder Weise entgegen, ja zuvor gekommen …

In einem Gedicht, das mir gelingt, ist viel mehr Wirklichkeit als in jeder Beziehung oder Zuneigung, die ich fühle; wo ich schaffe, bin ich wahr, und ich möchte die Kraft finden, mein Leben ganz auf diese Wahrheit zu gründen, auf diese unendliche Einfachheit und Freude, die mir manchmal gegeben ist.

Die Frage, ob Kunst als ein großes Vergessen zu erleben sei oder als ein größeres Einsehen, ist vielleicht nur scheinbar in dem einen oder anderen Sinne zu beantworten; man könnte sich vorstellen, es träfe beides zu: indem ein gewisses, bis ans Vergessen heranreichendes Hingegebensein die Vorstufe neuer Einsichten bilden könnte, gleichsam die Übersiedlung wäre auf eine höhere Lebensebene, auf der dann ein reiferes größeres Gewahren, ein Schauen mit ausgeruhten, frischen Augen einsetzt. Im Vergessen zu bleiben, wäre freilich das Falscheste. Ich glaube, daß viele Menschen denjenigen Künsten gegenüber, die mit starker Überwältigung auftreten (Musik z. B.) oft nichts als eine bequeme Hingabe leisten, ja dies wird es (fürchte ich) sein, was die Mehrzahl recht eigentlich unter Kunst »Genuß« versteht, eine Trägheit auf Kosten der Überflüsse, die im Kunstwerk wirkend sind: hier setzt das drollige Mißverständnis des guten Bürgers ein, der sofort ins Ausruhen gerät, wo er mehr, als er begreift, geleistet sieht. Zuletzt wird es eine Sache des geistigen Gewissens sein, wie weit man in einem Kunsteindruck untergehen darf, oder, in ihm stehend, die Augen offenhalten muß. Mir konnte Musik oft einfach »Vergessen« bringen, aber je mehr ich an Bildern, Bildwerken und Büchern, oft auf langen Wegen, aufnehmend geworden bin, desto gefaßter werde ich auch der Musik gegenüber, desto weniger ist sie imstande, mich im Ganzen unter Wasser zu setzen und mir eine Verwandlung vorzutäuschen, in der ich mich doch, über sie hinaus, nicht zu erhalten wüßte.

Ich nehme an, daß in der Politik wie auch in der Dichtung die rein menschlichen, die freiwillig menschlichen Absichten nicht viel bedeuten. Eine Dichtung, die trösten oder helfen oder was auch immer für eine ehrenhafte Überzeugung unterstützen will, wäre eine irgendwie rührende Schwäche. Was jedoch zählt, ist nicht die gute oder milde Absicht, sondern der Gehorsam eines autoritären Diktats, das weder das Gute noch das Böse *will* (von dem wir so wenig wissen) aber uns ganz einfach befiehlt, unsere Gefühle und unsere Ideen zu begründen, all diese Bewegungen unseres Daseins gemäß einer höheren Ordnung, die uns dermaßen übersteigt, daß wir sie niemals verstehen werden können. Ich werfe der »Freiheit« vor, daß sie den Menschen bestenfalls dorthin führt, wo er etwas versteht, doch nie weiter. Es ist viel zu wenig, daß uns die Freiheit, selbst wenn sie bedachtsam und gerecht eingesetzt wird, auf halbem Wege läßt, in dem engen Feld unseres Verstandes.

[S]agen Sie nichts gegen den Reim! Er ist eine sehr große Gottheit, die Gottheit der sehr geheimen und sehr alten Koinzidenzen, und man darf das Feuer auf ihren Altären niemals erlöschen lassen. Sie ist äußerst launenhaft, man kann sie weder voraussehen noch herbeizitieren, sie kommt wie das Glück, die Hände voll von blumenreicher Erfüllung. [...] Der wahre Reim ist nicht ein Mittel der Poesie, er ist ein unendlich zustimmendes »*Ja*«, das die Götter unseren unschuldigsten Gefühlen einem Siegel gleich aufdrücken.

Das Kunstwerk ist Ausgleich, Gleichgewicht, Beruhigung. Es kann weder schwarzseherisch noch voll rosiger Hoffnungen sein, denn sein Wesen besteht aus Gerechtigkeit.

Die Kunst stellt sich dar als eine Lebensauffassung, wie etwa die Religion und die Wissenschaft und der Sozialismus auch. Sie unterscheidet sich von den anderen Auffassungen nur dadurch, daß sie nicht aus der Zeit resultiert und gleichsam als die Weltanschauung des letzten Zieles erscheint.

So sehr der Künstler in einem auch das *Werk* meint, seine Verwirklichung, sein Dasein und Dableiben über uns hinaus –, ganz gerecht wird man erst, wenn man einsieht, daß auch diese dringendste Realisierung einer höheren Sichtbarkeit, von einem endlich äußersten Ausblick aus, nur als Mittel erscheint, ein wiederum Unsichtbares, ganz und gar Inneres und vielleicht Unscheinbares –, einen heileren Zustand in der Mitte des eigenen Wesens zu gewinnen.

Über alle Dinge bei uns ist so viel geschrieben (Gutes und Schlechtes), daß die Dinge gar keine Meinung mehr haben – sondern nur als imaginäre Kreuzungspunkte gewisser geistreicher Theorien erscheinen. Wer etwas über sie sagen will, spricht eigentlich nur von den Ansichen seiner Vorgänger in diesem Fach und verliert sich in einem halbpolemischen Geist, der dem naiv-produktiven, mit welchem jedes Ding begriffen sein will, gerade entgegensteht.

Man vergißt immer, daß der Philosoph, wie der Dichter, die Träger von Zukünften sind unter uns, also weniger als andere auf die Teilnahme ihrer Zeit rechnen dürfen; sie sind Zeitgenossen weit zukünftiger Menschen und haben, sobald sie davon absehen, den Nachbar aufzuregen, keinen Grund, Ordnungen und Abschlüsse in ihrer Entwicklung zu schaffen, abgesehen von jenen systematischen Zusammenstellungen, die ihnen selbst zur Übersicht ihrer Lage nötig sind, die aber auch immer wieder von ihnen selbst zerstört werden um des eigenen inneren Fortschritts willen. Ist das Errungene einmal systematisiert und ausgesprochen, stehen Schüler, Anhänger und Freunde darauf und stürmen Feinde dagegen an, so hat der Philosoph nicht mehr das Recht, an den Grundlagen des nunmehr bewohnten Systems zu rütteln und die tausend Leben, die sich davon nähren, zu gefährden. Er hat seinen eigenen rücksichtslosen Fortschritt, der vielleicht nur über den Trümmern dieser Ordnung aufstehen könnte, gehemmt, und der noch gestern unumschränkter Herr seiner tausend Entwicklungen war und jeder Nuance seines Willens königlich nachgeben konnte, ist nun nur der oberste Diener eines Systems, das mit jedem Tage über seinen Begründer hinauswächst. Philosophen sollen geduldig sein und abwarten, keine Herrschaft gründen wollen und kein Reich, das mit den Mitteln dieser Zeit sich erhält, sie sind die Könige des Kommenden, und ihre Kronen sind noch eines mit den Erzen, welche die Adern der Gebirge erfüllen …

Ein Kunstding ist rücksichtslos und muß es sein.

Das Kunstwerk möchte man also erklären: als ein tief-inneres Geständnis, das unter dem Vorwand einer Erinnerung, einer Erfahrung oder eines Ereignisses sich ausgiebt und, losgelöst von seinem Urheber, allein bestehen kann.

Diese Selbständigkeit des Kunstwerkes ist die Schönheit. Mit jedem Kunstwerke kommt ein Neues, ein Ding mehr in die Welt.

Man wird finden, daß in dieser Definition alles Raum hat: von den gotischen Domen des Jehan de Beauce bis zu einem Möbel des jungen van der Velde.

Ich habe mir oft gesagt, daß die Kunst, so wie ich sie auffasse, eine Bewegung wider die Natur ist. Sicherlich hat Gott nie vorgesehen, daß einer von uns diese furchtbare Rückkehr zu sich selbst ausführen würde, die nur dem Heiligen gestattet ist, weil dieser vorgibt, Gott zu belagern, indem er ihn von einer unvorhergesehenen und schlecht verteidigten Seite her angreift. Aber wir anderen, von wo nähern wir uns uns selbst, wenn wir den Rücken allem Geschehenden und selbst unserer Zukunft zuwenden – um uns in den Abgrund unseres Seins zu werfen, der uns verschlingt, ohne diese Art Vertrauen, das uns dort hin bringt und das stärker als die Anziehungskraft unserer Natur wirkt? Falls die Bedeutung eines Opfers ist, daß der Moment der größten Gefahr mit dem Augenblick der Rettung zusammentrifft, dann ist dem Opfer sicher nichts ähnlicher als dieser furchtbare Wille zur Kunst. Wie störrisch und unvernünftig sie ist! All das, was die anderen vergessen, um das Leben möglich zu machen, versuchen wir pausenlos freizulegen und sogar größer zu machen; tatsächlich erwecken wir Ungeheuer, denen wir nicht genügend entgegensetzen, um sie zu besiegen, da in einem gewissen Sinn wir uns mit ihnen im Einklang befinden. Denn diese Ungeheuer besitzen einen Überschuß an Kraft, der denen, die sie überwältigen sollen, unabkömmlich ist. Falls man diesen Siegesakt als etwas Mysteriöses und Tiefgründiges betrachten möchte, ist es dennoch nicht unsere Rolle, uns als Bezwinger unserer inneren Löwen zu verstehen. Doch plötzlich merken wir, wie wir neben ihnen in einem Triumphzug einherziehen, ohne uns auch nur entsinnen zu können, wann dieses unvorstellbare Einverständnis erreicht wurde (eine sanft geschwungene Brücke, die das Schreckliche mit dem Zärtlichen verbindet).

Wenn aber die Musik spricht, so spricht sie doch nicht zu uns. Das vollendete Kunst-Gebild hat nur *darin* mit uns zu thun, daß es uns übersteht. Das Gedicht tritt von innen, an einer uns immer abgekehrten Seite, in die Sprache hinein, es füllt sie wunderbar an, es steigt in ihr bis an den Rand, – aber es strebt doch nie mehr zu uns über. Die Farben schlagen sich nieder ins Bild, aber sie sind ihm eingewirkt wie der Regen der Landschaft; und der Bildhauer zeigt seinem Steine nur, wie er sich am herrlichsten verschließt. Da ist die Musik freilich ein näheres Wesen, sie strömt herbei, wir stehn ihr im Weg, da geht sie durch uns. Fast ist sie wie eine höhere Luft, wir ziehen sie ein in die Lungen des Geistes und sie giebt uns ein größeres Blut in den heimlichen Kreislauf. Aber *was* reicht sie nicht über uns fort! Aber *was* drängt sie nicht neben uns hin! Aber *was* trägt sie nicht mitten durch uns und wir fassen es nicht! Ach wir fassen es nicht, ach wir verlieren's.

Und darüber hinaus: die Verwirrung, die alles Künstlerische umgibt, hätte ein Äußerstes erreicht, wenn von Schaffenden verlangt würde, mit der Dämonie, die er aufregt, in jedem Augenblick harmlos fertig zu werden, oder wenn dasjenige Kunstwerk als das reinste gälte, das den brauchbarsten und unmittelbarsten Beistand verabreicht. Einigen wir uns genau: Der Künstler ist ein mit einer inneren Auflage Geschlagener, einer der *in* sich, unter nie zu wiederholenden Bedingungen, eine menschlich oft unbegreifliche, weltisch gemeinte Ordnung versucht, und das Kunstwerk, als der geheimnisvolle und rücksichtslose Niederschlag dieses Vorgangs, weit entfernt Arzenei zu sein, darf, seiner Natur nach, ebensosehr beunruhigen und peinigen, wie es, unter Umständen, stillt oder bestärkt.

Das Kunst-Ding kann nichts ändern und nichts verbessern; sowie es einmal da ist, steht es den Menschen nicht anders als die Natur gegenüber, in sich erfüllt, mit sich beschäftigt (wie eine Fontäne), also, wenn man es so nennen will: teilnahmslos. Aber schließlich wissen wir ja, daß diese zweite, zurückhaltende und von dem sie bestimmenden Willen zurückgehaltene Natur gleichwohl aus Menschlichem gemacht ist, aus den Extremen des Erleidens und Freuens –, und hierin liegt der Schlüssel zu jener Schatzkammer unerschöpflicher Tröstung, die im künstlerischen Werk angesammelt erscheint und auf die gerade der Einsame ein besonderes, ein unaussprechliches Recht geltend machen darf.

Auch dann ist, streng genommen, nichts geändert, überheblich wäre es, einem Kunstwerk zuzumuten, daß es helfen könnte; aber daß die Spannung des Menschlichen, die ein Kunstwerk, ohne sie nach außen zu verwenden, in sich trägt, daß seine innere Intensität, ohne extensiv zu werden, durch ihre bloße Gegenwart, die Täuschung herrufen konnte, als ob Streben, Forderung, Werbung –, – werbende hinreißende Liebe, Aufruhr, Berufung sei: das ist des Kunst-Dings gutes Gewissen (nicht sein Beruf) –, – und dieser Betrug zwischen ihm und dem verlassenen Menschen kommt allen jenen priesterlichen Betrügen gleich, mit denen, seit Anfang der Zeiten, das Göttliche gefördert worden ist.

Unsere Zeit ist nicht vorzüglicher und nicht geringer als eine andere; ich meine nicht sie zu tadeln, sondern nur zu bezeichnen, wenn ich vermute, daß sie die Kräfte, die sich ihr anbieten, nicht zu nutzen weiß: sie verachtet sie und berühmt sich ihrer abwechselnd, statt sie zu gebrauchen. Wie jede Gegenwart ist auch sie eifersüchtig auf die Zukunft, und wo etwas Künftiges aufsteht, da wendet sie, der Reihe nach, zwei Mittel an, es unschädlich zu machen: solange es gelingt, widersetzt sie sich dem Neuen, um es, wenn es noch überdauert, plötzlich wie ein Unmündiges zu adoptieren. So hebt sie gewissermaßen jeden Verkündiger auf, erst durch Widerspruch und dann (verstellter) durch Anhängerschaft: es giebt keinen Heilbringer ohne die Versuchung dieses Schicksals.

»Die Verwandlung der Welt ins Herrliche«

Rainer Maria Rilke verbrachte sein Leben in enger Bindung an andere Künstler und in einer tiefen Auseinandersetzung mit der Kunst. In zahllosen Briefen entwikkelt Rilke seine Gedanken zur Kunst. Doch gibt es in dieser schier uferlosen Korrespondenz mit Hunderten von Briefpartnern (die Gesamtzahl seiner Briefe umfaßt wahrscheinlich mehr als 15 000 Briefe) keine ausgearbeitete Ästhetik. Rilkes Interesse gilt der Frage, wie man als Künstler leben soll. Aus diesen Überlegungen, wie ein künstlerisch tätiger Mensch den täglichen Anforderungen und seinen besonderen Umständen gerecht werden könne, entsteht für Rilke dann eine immer drängendere und allgemeine Frage. Wie sollen wir unser eigenes Leben gestalten und formen? Die Frage des Kunstwerkes entfernt sich bei Rilke von technischen Überlegungen und führt zur immer konkreteren Betrachtung des Lebens eines jeden Menschen als etwas zu Schaffendem.

Wenn Rilke beschreibt, wie ein Bildhauer sein Material vorbereiten und modellieren, wie ein Dichter aus der vorhandenen Sprache einzelne Worte zu neuen Gebilden zusammenfügen, wie ein Musiker aus den Klängen des Kosmos eine Melodie destillieren, wie ein Maler mit Pinselstrichen das Wesen einer Farbe erfassen kann, so bedeutet das immer auch: wie läßt sich unser Leben gestalten?

Im vorliegenden Band wurden aus Hunderten von Briefen die eindrücklichsten Passagen zur Kunst gesammelt, die sich ohne eine größere Kenntnis von Rilkes lyrischem Werk oder der Künstler, über die Rilke mitunter schreibt, verstehen lassen. Die Passagen aus Rilkes Briefen wurden ausgewählt, die den Leser direkt ansprechen; sie erheben nicht den Anspruch, wissenschaftlichen Maßstäben zu genügen. Das Interesse gilt nicht Rilkes Meinung zu bestimmten Malern, Bildhauern, Dichtern oder Schrifstellern; hier interessiert nicht Rilkes Urteil über einzelne Kunstwerke. Ohnehin stand er solch kritischen Äußerungen skeptisch gegenüber, da er Bewunderung als Grundbedingung einer jeden Stellungnahme zu Kunst oder Künstlern betrachtete. Ausgewählt wurden deshalb die Teile seiner Briefe, in denen die untrennbare Einheit von Kunst und Leben, auf der Rilke insistiert, deutlich zutage tritt.

Diese Überlegungen zur Kunst handeln konkret von der wirklichen Tätigkeit und vom tatsächlichen Leben des Künstlers. Rilke ist von Grund auf ein moderner Dichter, der weder an Genies noch an die Musen glaubt, noch sich auf eine göttliche oder andere übermenschliche Instanz verläßt, die ihm die Welt erklären würde. So denkt er sich mit jeder seiner Ausführungen zur Kunst in den Prozeß des Schaffens ein, statt große Thesen über die Quellen der Inspiration, die Wirkung der

Kunst oder die Bedeutung einzelner Kunstwerke zu erstellen.

Rilkes Texte zur Kunst entstanden im engen Zusammenleben mit Künstlern und der genauen Betrachtung ihres täglichen Verhaltens. In der Künstlerkolonie Worpswede, im norddeutschen Moor, fand Rilke im Jahr 1900 den ersten Zugang zum Werk einer Gruppe von Malern durch seine Freundschaft mit einigen der dort arbeitenden Künstler. Diese persönlichen Bindungen kulminierten in Rilkes Liebe zu Paula Moderson-Becker, deren Mann Otto Modersohn einer der fünf Maler ist, die Rilke in seiner Monographie *Worpswede* porträtiert. Der Text beruht auf dem täglichen Umgang mit diesen Menschen. Die Interpretation einzelner Werke oder einer Kunstrichtung bzw. -schule, wie sie sich in Worpswede gebildet hatte, entsteht bei Rilke immer aus einer solchen genauen Betrachtung der Lebenswelt und des tatsächlichen Alltags des Künstlers. Tatsächlich sind Rilkes Bemerkungen über Kunst und Künstler, besonders in den Briefen, der Versuch, sich in das Denken, Tasten und Handeln während des Schaffensprozesses einzufühlen. Denn für Rilke bietet die gesteigerte Aufmerksamkeit und Konzentration, mit der Künstler sich ihrer Sache widmen, eine Möglichkeit, unser eigenes Verhalten im Leben zu verstehen.

So ist auch Rilkes 1902 geschriebene Monographie über den Bildhauer Auguste Rodin keine kunsthistorische Abhandlung, sondern eine Meditation über die tatsächlichen Handgriffe Rodins, mit denen dieser einen Klumpen Ton aus einem Schlammbottich hebt, daran herumformt, mehr Ton dazunimmt, mit einem Draht etwas abschneidet, wieder mehr dazuholt, nochmals schneidet, schiebt, haut, glättet, zieht, dehnt, und dann alles in eine größere Bedeutung hebt. Rilke verstand diese Gesten in ihrer ganzen Konkretheit, da er mehrere Monate bei Rodin lebte und dessen Tagesrhythmus so genau wie möglich mitverfolgte. Diese Beobachtungen machen Rilkes Gedanken zur Kunst auch für Menschen relevant, die selbst keine jungen Dichter, Bildhauer oder Maler sind.

Auguste Rodin erlebte die obsessive Beobachtung durch den von sich selbst absolut überzeugten, weitgehend unbekannten, jungen, deutschsprachigen Dichter, der schlecht Französisch sprach und sich dennoch als sein Sekretär verdingte, recht bald als Störfaktor. Rilke war nicht abzuschütteln. Schon beim Frühstück hing er an des Meisters Lippen und verbrachte dann den ganzen Tag damit, hinter Rodin herzugehen und ihm bei jeder Bewegung auf die Hände zu schauen. Rilke wohnte eine Zeitlang in einem Gartenhäuschen auf Rodins Grundstück in Meudon und beobachtete ihn beim Modellieren. Mit seinen großen Augen schaute Rilke auf den Meister, den er restlos bewunderte. Rodin wurde das zuviel. Er schickte den jungen Dichter schließlich in den Zoo nach Paris, damit er selbst zumindest für einige Stunden Ruhe hatte. Im heute noch existierenden *Jardin des Plantes* sollte Rilke die Tiere betrachten, um so das Sehen zu lernen. Rodin verordnete keine kurzen Ausflüge in den Tierpark, sondern das stundenlange Betrachten einzelner Tiere, deren Wesen und Natur Rilke dann, nach diesem intensiven Schauen, in Gedichten einzufangen versuchen sollte. Und Rodin hatte Ruhe für einen Nachmittag.

Tatsächlich enstanden aus dieser geduldigen, fast meditativen Kontemplation einzelner Tiere einige von Rilkes bekanntesten und schönsten Gedichten über Panther, Gazellen, Flamingos und Papageien. Rilke überwand nicht nur, wie er in einem Brief vom 17. März 1926 schrieb, seine »lyrische Oberflächlichkeit und ein billiges (aus lebhaft bewegtem, aber unentwickeltem Gefühl stammendes) À peu près [Ungefähr]«, sondern er lernte, »wie ein Maler oder Bildhauer *vor der Natur* zu arbeiten, unerbittlich begreifend und nachbildend«. Doch gelingt Rilke in diesen Gedichten etwas Unerwartetes und Erstaunliches, was er in seinen brieflichen Bemerkungen zur Kunst erklärt.

Die durchgeformte und oft formal strenge Reflexion über die angemessene Art, zum Beispiel einen Panther oder eine Gazelle darzustellen, wird zu einer Überlegung, wie man das eigene Leben betrachten, verstehen und schließlich *leben* soll. Eine Schar Flamingos, mag man sich fragen, als Lebenshilfe? Eben darum geht es Rilke: fast alle Menschen haben eine eher oberflächliche Beziehung zu solchen Vögeln, die uns meist von Zoobesuchen bekannt sind, wo Flamingos mit Paprikaschoten gefüttert werden, damit ihr rosa Gefieder nicht verblaßt. Aber Rilke zeigt, daß weder unsere fragile Bindung an Zootiere noch der seltsame Status von Flamingos als fast blumenartige Dekorationen in seichten Tümpeln kein Grund ist, diese Tiere weniger genau zu betrachten als eine erblindende Frau, eine Leichenwäscherin oder das Wesen der Liebe (all dies sind Themen in Rilkes *Neuen Gedichten*). Rilke betrachtete das Thema eines Gedichts immer als einen »Vorwand«. Seine Anmerkungen dienen dazu, all das wieder in unser Blickfeld zu rücken, was in dem Moment, wo wir es erblicken, durch gesellschaftliche Konventionen (zur Unterhaltung, aus Abscheu, zum Konsum) ausgegrenzt, eingeebnet oder gezähmt – seiner ursprünglichen Eigenheit beraubt – worden ist. Rilke besteht darauf, daß wir auch dem kleinsten oder banalsten Ding unsere ungeteilte Aufmerksamkeit widmen. Denn wenn wir schon im voraus wissen, daß uns Flamingos nichts sagen können, dann verschließen wir letztlich unsere Augen vor der Welt im Ganzen.

Die Themen und Subjekte von Rilkes Gedichten, die vielen Lesern im Gedächtnis bleiben, sind nichts als »Vorwände«. Konzentriert man sich auf ein solches Objekt, mag dieses in seinem Wesen klarer erscheinen. Wichtiger für Rilke ist jedoch die Möglichkeit, die sich unseren inneren Vorgängen in solchen Momenten bietet, wo unsere Aufmerksamkeit auf etwas Äußeres gelenkt ist. Der Künstler gelangt zu neuen Einsichten in die Welt, da er in der genauen Betrachtung der Wirklichkeit von sich selbst absieht. Die Versenkung in die Welt erlöst uns also momentan von unserem Selbst, das sich in solchen Momenten der konzentrierten Versunkenheit neu ordnen kann.

»Das Anschauen ist eine so wunderbare Sache, von der wir noch so wenig wissen; wir sind mit ihm ganz nach außen gekehrt, aber gerade wenn wirs am meisten sind, scheinen in uns Dinge vor sich zu gehen, die auf das Unbeobachtetsein sehnsüchtig gewartet haben, und während sie sich, intakt und seltsam anonym, in uns vollziehen, ohne uns, – wächst in dem Gegenstand draußen ihre Bedeutung heran, ein überzeugender, starker, – ihr einzig möglicher Name, in dem wir das Geschehnis in unserem Innern selig und ehrerbietig erkennen, ohne selbst daran heranzureichen, und nur ganz leise, ganz von fern, unter dem Zeichen eines eben noch fremden und schon im nächsten Augenblick aufs neue entfremdeten Dinges begreifend –.«

Rilkes berühmte Dinggedichte entstehen also keinesfalls, wie er in diesem Brief an seine Frau Clara am 8. März 1907 schreibt, aus einem besonderen Interesse an Tieren, Gegenständen, Topfpflanzen oder anderen Objekten. Statt dessen sind sie »Vorwand« und Anlaß, »in uns Dinge vor sich [...] gehen zu lassen«, deren Bedeutung dann im Namen dieser externen Dinge ihren Niederschlag findet. Rilkes Panther, seine kreischenden

Papageien in einer Voliere, eine gesprungene Kaffeetasse: diese werden zu Namen dafür, was in uns geschieht, ohne es recht benennen zu können. Deshalb kann Rilke sein berühmtes Gedicht über den Überrest einer antiken Statue ohne Kopf, an deren gespannter Muskulatur und schöner Oberfläche man die konzentrierte Kraft der künstlerischen Hand sieht, mit dem Satz enden lassen: »Du mußt dein Leben ändern.« Die Aufforderung, das eigene Leben zu verändern, ist ebenso unabwendbar wie das Kunstding, das nun als Wirklichkeit zur Welt dazugetreten ist und dort eine Bedeutung schafft, die zuvor nicht vorhanden war.

In seinen Briefen versucht Rilke, eben diese inneren Vorgänge, die der Künstler in sich geschehen läßt, indem er sich ganz stark auf die Außenwelt konzentriert, genauer zu beschreiben. Der Prozeß des künstlerischen Schaffens ist im oben zitierten Satz von Rilke so zusammengefaßt: Ein »eben noch fremdes Ding« erlaubt uns »ganz leise, ganz von fern« die Dinge in unserem Inneren zu begreifen, die sich nur unbeobachtet (in der Sprache der Psychoanalyse: ohne unsere *bewußte* Kontrolle oder Wissen) vollziehen. Doch erscheint diese Erkenntnis nur für einen Moment, da das »eben noch fremde« Ding »im nächsten Augenblick« schon wieder »entfremdet« ist. Denn als Gegenstand oder Subjekt der künstlerischen Darstellung – zum Beispiel als Ding in einem Dinggedicht – ist dieses Ding auch wieder der Möglichkeit entbunden, uns von unserem Inneren hinweg und an die Welt abzulenken. Es ist nicht mehr »Vorwand«, sondern Thema und damit durch den Zugriff des Künstlers von seinem täglichen Gebrauch und seiner banalen Dinglichkeit entfremdet. All dies zeigt, daß für Rilke künstlerisches Schaffen eine Praxis ist, die immer wieder neu erfunden werden muß.

Doch ist die Kunst nicht allein in ihrem Zugriff auf »Vorwände«, wie Rilke in einem Brief an Marguerite Masson-Ruffy am 4. Januar 1923 schreibt:

»Es stimmt, daß mitunter selbst das Glück sich eines Vorwandes bedienen muß, um uns in das einzuführen, was uns in seinem Wesen übersteigt.«

Wir alle – und nicht nur Künstler – schützen uns vor der überwältigenden Aufgabe des Lebens, indem wir uns mit den »Vorwänden des Lebens« behelfen. Rilke bezeichnete diese Vorwände als notwendige Versuche, Dinge zu benennen und zu definieren; auf andere Menschen mit Hilfe von Titeln und Namen zuzugehen; die Spielchen zu spielen, die uns mit Anerkennung, Geld und sogar Momenten des Glücks belohnen; oder unsere Erfahrungen als Lust und Glück, Leid oder Unglück zu definieren. So entscheiden wir unbewußt oft *im voraus*, wie wir auf etwas reagieren werden, statt uns einer Erfahrung und »ihrer Geschwindigkeit« wirklich auszusetzen oder, wie Rilke es formuliert, hinzugeben. Für Rilke ist es »nur ein Schritt von der Hingabe der Liebenden zum Hingegebensein des lyrischen Dichters«, da beide sich ganz auf eine Erfahrung einstellen, statt sich hinter vorgefertigten Meinungen, Erwartungen und Projektionen zu verschanzen.

»Was uns in seinem Wesen übersteigt« ist die Dimension des Lebens, in der man nach Rilke so lange wie möglich verbleiben möchte, bevor man glücklich oder traurig über das Leben ist, bevor man philosophische Systeme oder Ideologien darüberstülpt, bevor man es bedichtet oder in Kunst verwandelt. Rilke möchte in dieser Dimension des Lebens jedoch nicht verharren, um das Leben und seine vielen Vorwände und Spiele zu verneinen. Er will sich in jedem Augenblick bewußt sein, daß wir und diese Vorwände durch unser schlichtes Hier-Sein übertroffen werden können. Das Ziel seiner Briefe und Gedichte ist, uns daran zu erinnern, daß uns diese Dimension des Daseins schon offensteht, wir uns aber durch vielerlei Projektionen, Annahmen und Wissen dagegen sperren.

Die vielgepriesene und mitunter belächelte formale Eleganz von Rilkes Gedichten, die in der Gestalt des gamaschen- und handschuhtragenden und überhöflichen Dichters ihre Entsprechung findet, ist keine Abkehr von existentieller Dringlichkeit, sondern der Versuch, sich dem zu nähern, was uns durch seine Unmittelbarkeit nicht direkt zur Verfügung steht. Jedes einzelne Wort über das wie über einem Tümpel schwebende filigrane, rötlich-weiße Gefieder hinter einem Zaun im Zoo trifft ebenso genau den Reichtum des Lebens wie Rilkes tiefgründige Reflexionen in seinen Briefen über die schwierige Aufgabe des Künstlers, eben dieses Leben aufs neue zu sehen. Jedes seiner Worte fügt sich behutsam, aber unabwendbar in das Rauschen des Seins.

Für Rilke ist es nicht nur ein Fehler, einen Aspekt unseres Lebens für wichtiger als andere zu halten und zum Beispiel unsere Kindheitserinnerungen oder Todesahnungen höher anzusetzen als die Begegnung mit, zum Beispiel, einem Gassenhund oder einer Hortensie: Dies ist kein Fehler, sondern Flucht. Flucht vor der Wirklichkeit, die uns Kunstwerke näherbringen, um uns daran zu erinnern, daß diese Wirklichkeit uns immer schon ganz nahe und leicht verfügbar ist, daß wir aber einen Großteil unseres Lebens damit verbringen, diese Wirklichkeit von uns fernzuhalten. Liest man Rilke nur um seiner schönen Sprache willen, so konzentriert man sich auf die Machart seiner Schriften zugunsten ihres Zwecks, und verpaßt so sein dringendes Anliegen, uns der Wirklichkeit in all ihren Erscheinungen zu öffnen.

Sinn der Kunst ist, unsere Sinne daraufhin zu öffnen, was uns ohnehin und in vielen Fällen *allzu* zugänglich ist. Deshalb schafft die Kunst für jemanden wie Rilke, der in der Sprache lebte, zuerst eine Veränderung in der Sprache. Jedes Wort erscheint in neuer Deutlichkeit und bisher unerhörter Schärfe.

»*Kein* Wort im Gedicht (ich meine hier jedes ›und‹ oder ›der‹, ›die‹, ›das‹) ist *identisch* mit dem gleichlautenden Gebrauchs- und Konversations-Worte; die reinere Gesetzmäßigkeit, das große Verhältnis, die Konstellation, die es im Vers oder in künstlerischer Prosa einnimmt, verändert es bis in den Kern seiner Natur, macht es nutzlos, unbrauchbar für den bloßen Umgang, unberührbar und bleibend.«

Es geht Rilke bei der Kunst also nicht um die getreue Abbildung der Welt, sondern, wie er in einem Brief an Margot Sizzo vom 17. März 1922 schreibt, um die Möglichkeit, diese schärfer, genauer, ehrlicher zu sehen. Seine Betrachtungen zur Kunst ermutigen uns, unseren Blick von der Welt schulen zu lassen.

Rilke lernte in den Monaten bei Rodin und bei Ausflügen in den Zoo, seine Aufmerksamkeit auf kleinste Details und Einzelheiten zu lenken, statt hinter den Erscheinungen der Welt eine größere, verborgene Bedeutung zu vermuten. Rodin vermittelte Rilke die Einsicht, daß auch im kleinsten Kiesel das gewaltige Versprechen der Schönheit zu finden sei. Rilke vertiefte sich sein Leben lang in dieses Verständnis der Wirklichkeit und des Lebens als *in sich* unendlich reich. Alle seine Überlegungen zur Kunst beruhen auf dieser einfachen Einsicht: daß alles, was wir erfahren können, uns immer schon gegeben ist. Wir müssen nur lernen, nichts zu *übersehen*, nichts auszulassen – nicht das kleinste Insekt, keinen Sprung in einer Kachel, keine behutsame Geste, keinen Hauch auf unserer Wange auf der Suche nach vermeintlich größeren Erfahrungen und metaphysischen Bedeutungen zu zertreten, zu übersehen, abzubrechen, nicht zu spüren. Da Rilke den Zugang zur Kunst über die unendlich oft wiederholten belanglosen Handgriffe des Künstlers und die feinsten Fügungen seines Werkstoffes sucht, wird jeder Satz über die Kunst zu einer Reflexion des Lebens.

Ein Kunstverständnis, das nach großen Bedeutungen sucht und darüber die banale Notwendigkeit der Vorbereitung des Materials und die oft monotonen Schritte des eigentlichen Schaffensvorgangs übersieht, verfehlt schließlich die Kunst selbst. Denn der Blick, der sich über die kleinen Dinge und jenseits von Ton und Mörtel auf »das Wesentliche« konzentriert, ist nicht mehr offen für Veränderung, fügt dem schon Gewußten nichts hinzu, lernt nicht mehr zu sehen. Mit einem solchen Blick sieht man immer nur das, was ohnehin schon erwartet und erhofft wird. Doch sowohl die Kunst wie auch das Leben – und schon das kleinste Birkenblatt – übersteigen uns, so Rilke, eben da sie uns auf neue Weise sehen und erfahren lehren. In den Briefen erklärt Rilke diesen unauflöslichen Zusammenhang zwischen Kunst und Leben, die beide unsere absolute Aufmerksamkeit auf alles mögliche – selbst das Kleinste, Unbedeutendste – erfordern. Alles andere – Ästhetik, Lebensphilosophie, New Age-Rhetorik – ist Hochmut, Arroganz derer, die das Leben und die Kunst schon vorab als etwas definiert haben, was sie dann von ihrer Position als Philosophen oder Kritiker verstehen möchten.

»O wie ich daran glaube, an das Leben. Nicht das, das die Zeit ausmacht, jenes andere Leben, das Leben der kleinen Dinge, das Leben der Thiere und der großen Ebenen. [...] Und darum will ich auch allen Hochmuth weit von mir abthun, mich nicht heben über das allergeringste Thier und mich nicht herrlicher halten als einen Stein. Aber sein was ich bin, leben, was mir zu leben gesetzt war, klingen wollen, was keiner sonst klingen kann, die Blüthen bringen, die meinem Herzen befohlen sind: das will ich – und das *kann* doch nicht Überhebung sein«.

In den Briefpassagen zur Kunst, wie in diesem Brief an Ellen Key vom 3. April 1903, kommt Rilke zur immer tieferen Erkenntnis, daß diese Bedeutung in den kleinsten Dingen selbst liegt. Aus dieser Einsicht entwickelt Rilke einen Ratgeber zum Leben, der nicht allein auf Künstler zutrifft. Das Leben enthüllt sich für den, der seine Wahrnehmung durch die Kunst schulen läßt – der, wie Rilke seinem Schwager Helmut Westhoff am 12. November 1901 erklärt, sehen lernt.

»So kommt es, daß die meisten Menschen gar nicht wissen, wie schön die Welt ist und wieviel Pracht in den kleinsten Dingen, in irgendeiner Blume, einem Stein, einer Baumrinde oder einem Birkenblatt sich offenbart. Die erwachsenen Menschen, die Geschäfte und Sorgen haben und sich mit lauter Kleinigkeiten quälen, verlieren allmählich ganz den Blick für diese Reichtümer, welche die Kinder, wenn sie aufmerksam und gut sind, bald bemerken und mit dem ganzen Herzen lieben. Und doch wäre es das Schönste, wenn alle Menschen in dieser Beziehung immer wie aufmerksame und gute Kinder bleiben wollten, einfältig und fromm im Gefühl, und wenn sie die Fähigkeit nicht verlieren würden, sich an einem Birkenblatt oder an der Feder eines Pfauen oder an der Schwinge einer Nebelkrähe so innig zu freuen wie an einem großen Gebirge oder einem prächtigen Palast. Das Kleine ist ebensowenig klein, als das Große – groß ist. Es geht eine große und ewige Schönheit durch die ganze Welt, und diese ist gerecht über den kleinen und großen Dingen verstreut; denn es gibt im Wichtigen und Wesentlichen keine Ungerechtigkeit auf der ganzen Erde.«

Ach, und dann weiß Rilke selbst nicht weiter. Er widerspricht sich, wird den eigenen Ansichten untreu, übersieht die kleinsten Dinge. Das Sehen-Lernen ist nie abgeschlossen. Denn es ist wahrlich nicht so, daß kunstgeschulte Menschen leichter ihr Leben bewältigen, alle Antworten auf die Fragen unseres Daseins parat haben oder gar bessere Menschen sind. Es ist auch nicht der Fall, daß Künstler glücklicher sind, immer wissen, was wesentlich und was unbedeutend ist oder das Leben besser verstehen. Sie zeigen uns nur, wie tief und weit die Welt wirklich ist.

Nein, Rilke nimmt bald alles wieder zurück. Das ist so, da seine Überlegungen zur Kunst, die er in seiner Korrespondenz immer wieder revidiert, überarbeitet, neu formuliert und oft ganz verwirft, keine Theorie, sondern *Praxis* sind. Rilke *lebt* seine Gedanken zur Kunst, die sich in den Briefen vor unseren Augen verändern, neue Formen annehmen, der Versuchung nach größeren Bedeutungen und Ordnungen nachgeben, schließlich wieder zerfallen und erneut mit der Reflexion auf die kleinsten Erlebnisse ansetzen. Die Widersprüche in Rilkes brieflichen Ausführungen zur Kunst geben uns Anlaß, Rilkes Worte selbst nicht als absolute Wahrheit anzunehmen, sondern mit jedem Wort unser Leben erneut zu verstehen versuchen. Und zu einem Leben paßt nicht zu jedem Zeitpunkt der gleiche Schlüssel.

So kann Rilke nach seinem Insistieren auf der Pracht der kleinsten Dinge und seiner Scheu vor »Hochmut« und »Abstumpfung« dann auch auf einer herrischen Arroganz bestehen, die einen Künstler selbst einen herrlichen Frühlingstag übersehen läßt. Am 22. Februar 1907 schrieb Rilke an seine Frau Clara von folgendem Erlebnis, das er mit Rodin gehabt hatte.

»Und was ist man, solang man aufsteht, und ein Wind draußen, ein Glanz, ein Stück aus Vogelstimmen in der Luft kann einem nehmen und mit einem tun, was er will? Es ist gut, das alles zu hören und zu sehen und zu nehmen, nicht abzustumpfen dagegen, im Gegenteil: es immer tausendfältiger in all seiner Abwandlung zu fühlen, ohne doch daran sich zu verlieren.

Einmal sagte ich zu Rodin an einem Apriltag, der voller Frühling war: ›Wie das einen auflöst, wie man mitarbeiten muß mit allen Säften und sich anstrengen, bis man müde wird –. Kennen Sie das nicht auch?‹ Und er, der sicher von sich aus den Frühling zu nehmen wußte, mit einem raschen Blick: ›Ah – Je n'y ai jamais fait attention.‹ [Ach, darauf habe ich nie geachtet.] Das ist es, was wir zu lernen haben, auf gewisse Dinge *nicht* achtgeben; *zu* gesammelt sein, um an sie, an die man nie mit dem ganzen Wesen heran kann, mit irgendeiner empfindlichen Seite zu rühren. Alles nur mit dem *ganzen* Leben fühlen; dann bleibt viel (zu schmales) ausgeschlossen, aber alles Wichtige kommt vor ...«

Wir sollen uns also zugleich sammeln und unsere Sinne vor nichts verschließen. Die Aufgabe ist augenscheinlich nicht nur schwierig, sondern beinhaltet Widersprüche: der große Bildhauer bemerkt nie den Frühling, kann aber die ganze Welt in Bronze bannen. Der Widerspruch in Rilkes großen Ausführungen zur Kunst findet schließlich Ausdruck in Rilkes eigenem Verhältnis zu Rodin. Als Rodin den irischen Theaterautor George Bernard Shaw modelliert, ist Rilke von diesem selbst-ironischen Künstler so eingenommen, daß Rodin eifersüchtig reagiert. Der große Meister duldet nicht, daß sein Schüler und Lehrling in künstlerischen Anliegen einen anderen Lehrer erwählt. Bald darauf kommt es zum Bruch. Rilke schreibt in eigenem Namen einen Brief an einen von Rodins Kunden, und der große Bildhauer wirft Rilke auf der Stelle hinaus. Rilke versteht, doch schreibt er im Mai 1906 einen erstaunlichen Brief an Rodin. Rilke erklärt die Vorfälle aus seiner Sicht: »So bin ich weggejagt wie ein diebischer Diener aus dem kleinen Haus, in dem Ihre Freundschaft mich zuvor liebevoll untergebracht hat ... Ich bin aufs tiefste verletzt dadurch.« Nach der Richtigstellung der Ereignisse fährt Rilke fort: »Aber ich verstehe Sie. Ich verstehe, daß der weise Organismus Ihres Lebens, um seine Funktionen unversehrt zu erhalten, sofort abstoßen muß, was ihm schädlich erscheint –: wie das Auge den Gegenstand wegstößt, der seine Sicht behindert.«

Ein großer Künstler kann also Fehler machen. In diesem Fall fiel Rilke einem solchen Fehler zum Opfer. Doch spendet die Kunst, die von solch unvollkommenen Menschen wie Rodin und Rilke geschaffen wird, uns auch in dieser Situation eine große Hoffnung.

»Wir waren uns einig, daß dem Leben eine Gerechtigkeit innewohnt, die sich langsam, aber sicher vollzieht. In diese Gerechtigkeit setzte ich meine ganze Hoffnung: sie wird eines Tages das Unrecht korrigieren, das Sie dem haben antun wollen, der weder die Möglichkeit noch das Recht mehr hat, Ihnen sein Herz zu zeigen.«

Uns bleiben Rilkes kontradiktorische Briefe zur Kunst als gelebter Versuch, die größtmögliche Anzahl an Schlüsseln zum Leben bereitzustellen. Für Rilke waren Worte diese Schlüssel. Als Dichter glaubte er an das Potential der Sprache, uns von den ungeklärten Fragen und unverstandenen Erfahrungen unseres Lebens zu erlösen:

»Je weiter ich lebe, desto nötiger scheint es mir, auszuhalten, das ganze Diktat des Daseins bis zum Schluß nachzuschreiben; denn es möchte sein, daß erst der letzte Satz jenes kleine, vielleicht unscheinbare Wort enthält, durch welches alles mühsam Erlernte und Unbegriffene sich gegen einen herrlichen Sinn hinüberkehrt.«

Das Leben als Kunstwerk zu begreifen bedeutet, *sich selbst* durch sein Leben auszudrücken. Wir können Rilkes Briefe mit der Aufmerksamkeit lesen, die wir allen kleinsten Dingen widmen sollen. Denn vielleicht enthält einer seiner vielen Briefe, ursprünglich einem jungen Mädchen, einem reichen Mäzen, seiner von ihm getrennt lebenden Frau, einer Geliebten oder einem Dichterkollegen gewidmet, »jenes kleine ... unscheinbare Wort«, durch welches all das in unserem Leben Ungelöste sich »gegen einen herrlichen Sinn hinüberkehrt.«

Inhalt

Rainer Maria Rilke
im Insel Verlag
Eine Auswahl

Werke. Kommentierte Ausgabe in vier Bänden und einem Supplementband. Herausgegeben von Manfred Engel, Ulrich Fülleborn, Horst Nalewski, August Stahl. 4940 Seiten. Leinen; Supplementband herausgegeben von Manfred Engel und Dorothea Lauterbach

Gesammelte Werke in fünf Bänden. Herausgegeben und mit Nachworten versehen von Manfred Engel, Ulrich Fülleborn, Horst Nalewski und August Stahl. 1568 Seiten

Einzelausgaben

Ausgesetzt auf den Bergen des Herzens. Gedichte aus den Jahren 1906 bis 1926. it 98. 206 Seiten

Das Buch der Bilder. it 26. 117 Seiten

Duineser Elegien. Die Sonette an Orpheus. it 80. 89 Seiten

Erste Gedichte. Larenopfer. Traumgekrönt. Advent. it 1090. 167 Seiten

Frühe Gedichte. it 878. 117 Seiten

Die Gedichte in einem Band. Leinen und it 2246. 1132 Seiten

Gedichte. Aus den Jahren 1902 bis 1917. Taschenbuchausgabe der 1931 als Privatdruck erschienenen Edition der Handschrift R. M. Rilkes. Illustriert von Max Slevogt. it 701. 236 Seiten

NF 10/1/2.05

Das Stunden-Buch. Enthaltend die drei Bücher: Vom mönchischen Leben. Von der Pilgerschaft. Von der Armut und vom Tode. Pappband und it 2. 119 Seiten

Die Aufzeichnungen des Malte Laurids Brigge. Leinen, it 630 und it 2565. 230 Seiten

Die Erzählungen. it 1717. 434 Seiten

Geschichten vom lieben Gott. Illustrationen von E. R. Weiß. it 43. 109 Seiten

Die Letzten. Im Gespräch. Der Liebende. it 935. 76 Seiten

Zwei Prager Geschichten. Und ›Ein Prager Künstler‹. Mit Illustrationen von Emil Orlik. Herausgegeben von Josef Mühlberger. it 235. 149 Seiten

Auguste Rodin. Mit 96 Abbildungen. it 766. 143 Seiten

Briefe über Cézanne. Herausgegeben von Clara Rilke. Besorgt und mit einem Nachwort versehen von Heinrich Wiegand Petzet. Mit siebzehn farbigen Abbildungen. it 672. 140 Seiten

Worpswede. Fritz Mackensen. Otto Modersohn. Fritz Overbeck. Hans am Ende. Heinrich Vogeler. Mit zahlreichen Farbtafeln und Abbildungen im Text. it 1011. 236 Seiten

Über moderne Malerei. Herausgegeben von Martina Krießbach-Thomasberger. Mit zahlreichen farbigen Abbildungen. it 2546. 180 Seiten

Die Liebenden. Die Liebe der Magdalena. Portugiesische Briefe. Die Briefe der Marianna Alcoforado. Die vierundzwanzig Sonette der Louïze Labé. it 355. 94 Seiten. Als Großdruck it 2366. 126 Seiten

NF 10/2/2.05

Silberne Schlangen. Die frühen Erzählungen aus dem Nachlaß. Herausgegeben vom Rilke-Archiv in Zusammenarbeit mit Hella Sieber-Rilke, besorgt durch August Stahl.
182 Seiten. Leinen

Gedichte an die Nacht. Herausgegeben von Klaus E. Bohnenkamp. IB 1261. 128 Seiten

Briefe und Tagebücher

Rainer Maria Rilke / Lou Andreas-Salomé. Briefwechsel. Herausgegeben von Ernst Pfeiffer. it 1217. 647 Seiten

Rainer Maria Rilke. Briefwechsel mit Rolf von Ungern-Sternberg und weitere Dokumente zur Übertragung der »Stances« von Jean Moréas. Herausgegeben von Konrad Kratzsch und Vera Hauschild. 160 Seiten. Gebunden

Rainer Maria Rilke / Claire Goll. »Ich sehne mich sehr nach Deinen blauen Briefen«. Briefwechsel. Herausgegeben von Barbara Glauert-Hesse. it 2868. 215 Seiten

»Sieh dir die Liebenden an«. Briefe an Valerie von David-Rhonfeld. Herausgegeben von Renate Scharffenberg und August Stahl. 334 Seiten. Leinen

Briefwechsel mit einer jungen Frau. Herausgegeben von Horst Nalewski. 110 Seiten. Leinen

Briefwechsel mit Thankmar von Münchhausen 1913 bis 1925. Herausgegeben von Joachim W. Storck.
220 Seiten. Gebunden

NF 10/3/2.05

Rainer Maria Rilke / Mathilde Vollmoeller. Briefwechsel. Herausgegeben von Barbara Glauert-Hesse. it 3088. 170 Seiten

Sammlungen

»Hiersein ist herrlich«. Gedichte, Erzählungen, Briefe. Ausgewählt von Vera Hauschild. Mit einem Geleitwort von Siegfried Unseld. 240 Seiten. Leinen

In einem fremden Park. Gartengedichte. Zusammengestellt von Marianne Beuchert. Fotos von Marion Nickig. IB 1129. 77 Seiten

Lektüre für Minuten. Gedanken aus seinen Büchern und Briefen. Ausgewählt von Ursula und Volker Michels. 191 Seiten. Gebunden und it 1879. 173 Seiten

Liebesgedichte. Ausgewählt von Vera Hauschild. Mit einem Nachwort von Siegfried Unseld. it 2823. 101 Seiten

Liebesgeschichten. Ausgewählt von Vera Hauschild. it 2894. 120 Seiten

Rilke für Gestreßte. Ausgewählt von Vera Hauschild. it 2191. 100 Seiten

Rilkes Landschaft. In Bildern von Regina Richter. Zu Gedichten von Rainer Maria Rilke. Mit einem Nachwort von Siegfried Unseld. it 588. 86 Seiten

Vom Alleinsein. Geschichten. Gedanken. Gedichte. Herausgegeben von Franz-Heinrich Hackel. it 1216. 149 Seiten

NF 10/4/2.05

Weihnachten. Briefe. Gedichte und die Erzählung »Das Christkind«. Herausgegeben von Hella Sieber-Rilke. it 2865. 120 Seiten

Reise nach Ägypten. Briefe, Gedichte, Notizen. Herausgegeben von Horst Nalewski. Mit zahlreichen Abbildungen. it 2699. 176 Seiten

Mit Rilke durch die Provence. Herausgegeben von Irina Frowen. Mit farbigen Fotografien von Constantin Beyer. it 2148. 126 Seiten

Über die Liebe. Geschichten und Gedichte. Ausgewählt von Vera Hauschild. it 3061. 112 Seiten

Jahreszeiten. Gedichte und Gedanken. Ausgewählt von Vera Hauschild. it 3109. 160 Seiten

Biographien

Ralph Freedman. Rainer Maria Rilke. Übersetzt von Curdin Ebneter. Zwei Bände in Kassette. Auch einzeln lieferbar. Mit Abbildungen. Gebunden
- Erster Band: Der junge Dichter. 1875 – 1906. 460 Seiten
- Zweiter Band: Der Meister. 1906 – 1926. 650 Seiten

Zu Rainer Maria Rilke

Erinnerungen an Rainer Maria Rilke und Rilkes Mutter. Von Hertha Koenig. Mit Abbildungen. Herausgegeben von Joachim W. Storck. it 2697. 142 Seiten

NF 10/5/2.05